오롯이 내 인생이잖아요

오롯이 내 인생이잖아요

1판 1쇄 발행 2024. 8. 28.
1판 6쇄 발행 2024. 10. 7.

지은이 장명숙, 이경신

발행인 박강휘
편집 김성태   디자인 정윤수   마케팅 정희윤   홍보 반재서
발행처 김영사
등록 1979년 5월 17일 (제406-2003-036호)
주소 경기도 파주시 문발로 197(문발동) 우편번호 10881
전화 마케팅부 031)955-3100, 편집부 031)955-3200 │ 팩스 031)955-3111

값은 뒤표지에 있습니다.
ISBN 978-89-349-1895-0 03810

홈페이지 www.gimmyoung.com   블로그 blog.naver.com/gybook
인스타그램 instagram.com/gimmyoung 이메일 bestbook@gimmyoung.com

좋은 독자가 좋은 책을 만듭니다.
김영사는 독자 여러분의 의견에 항상 귀 기울이고 있습니다.

밀라논나 이야기

오롯이
내 인생이잖아요

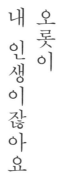

장명숙
이경신 지음

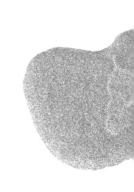

김영사

일러두기

이 책은 1952년생 '밀라논나' 장명숙과 1982년생 유튜브 〈밀라논나〉 제작자 이경신이 교환한 산문, 편지글, 문자 메시지, 대면 대화를 바탕으로 했다. 저자 고유의 글맛을 살리기 위해 문체를 되도록 고치지 않았다. 두 저자는 2019년 여름 처음 만나 5년간 청년과 중년, 노년의 삶에 관해 깊은 이야기를 나누었다. 빛과 어둠을 나누며 서로에게 기댈 언덕이 되어주었다.

"바꿀 수 없는 것을 받아들이는 평온을,

 바꿀 수 있는 것을 바꾸는 용기를,

 또 그 둘의 차이를 구별하는 지혜를 주시옵소서.

 하루하루 살게 하시고

 순간순간 누리게 하시며

 고통을 평화에 이르는 길로 받아들이게 하시옵소서."

　　　　　　　　　　—라인홀드 니버, 〈평온을 비는 기도〉 중

비우면서 깨닫는 삶

돌이켜보니 매 순간 조금씩
인생을 정리하며 살아왔습니다.
'인생. 에계, 겨우 요거야?'라는 생각이 듭니다.
물건을 채우기보다 비웠고,
미움을 마음 안에 들이기보다
내 마음을 더 크게 키웠지요.

나이 일흔이 넘으면
세상 물리物理가 훤히 보이고
도통할 줄 알았습니다.
주변 동년배와 저 자신을 들여다보면

언감생심입니다.

세파에 시달렸다는 핑계를 대며 순수함을 잃고
성숙하지 못한 궤변을 늘어놓는
중늙은이가 된 듯해
제 자신에게 혐오를 느끼는 순간이
점점 잦아져 염려스럽습니다.

이제 제게 잘되라고 책망하는 어른들이
주변에 계시지 않고
제게 조언을 구하는 인생 후배만 늘어나니
혼자 자주 탄식합니다.
어른들이 살아 계실 때
더 많이 삶의 지혜를 여쭤볼 것을….
이제야 철들 준비를 하는가 봅니다.
철들자 망령이 될까 겁이 납니다.

생성형 인공지능 시대입니다.
옛 어른들의 지혜는 참고하되
젊은이들에게 생존 비법을 배우는 것이
중요하다는 생각이 듭니다.

그래야 나이 든 이들의 남은 삶이 편안하지 않을까요?

검이불루 화이불치儉而不陋 華而不侈.
"검소하지만 누추하지 않고
화려하지만 사치스럽지 않다."
이 말이 제 생활신조입니다.
저는 사람도 물건도 검박하고
겸손한 면모를 좋아합니다.

흠결 많은 제 장점 중 하나,
지나간 일을 금세 잊는 것이지요.
일단 일을 시작하면 끝까지 최선을 다하고
최선을 다한 거기까지가 제 몫이라 생각하고
후회하거나 뒤돌아보지 않지요.

저는 오래된 물건을 좋아합니다.
세월이 깃들어 있으니까요.
그래서인지 제 집에 찾아온 손님들은
호기심 어린 눈길로 제 물건을 바라봅니다.
특별한 새것을 자주 사기보다
오래된 것을 오래 쓰니 특별해지는 게 아닐지요.

'밀라논나'로 알려진 이후
길을 묻는 나그네들을 더 많이 만났습니다.
연애뿐 아니라 결혼, 이혼 상담자 역할을 하게 됐지요.
그때 했던 말 일부를 떠올리면 이러합니다.
"어떤 삶에도 햇빛이 닿으면
그늘지는 부분이 생기잖아요.
그늘을 끌어안아야 삶이 완성된다고 생각합니다."

노트북을 들고 런던과 베네치아,
돌로미티를 거쳐 밀라노에서
이 책의 초고를 썼습니다.
어느 호숫가에서 '나는 잘 늙어가고 있을까?' 자문해보았고
문득 괜찮게 늙고 있다고 느꼈습니다.
나이가 들어 비로소
인생과 연애하는 느낌이랄까요.

타지에서 책 쓰는 삶을 살고 있다니!
강행군이었지만 행복감을 만끽했습니다.
70대 할머니가 관심과 사랑을 받으니
이보다 더 감사한 일이 또 있을까요.
이런 사랑을 받을 수 있게

인생 말년에 나타나 손을 내밀어준
이경신 제작자에게 고마운 마음을 전합니다.

'어떻게 살아야 할까요?'
질문을 받곤 하지만
이 질문은 제가 제게 하는 질문이기도 합니다.
요즘엔 생각이 더 늘었습니다.
'어떻게 죽어야 할까?'
이 책은 그런 삶에 대한 고민을
젊은이들과 나누고픈 마음에서 쓰기 시작했습니다.

인간의 역사가 생성된 이래
태곳적부터 이 땅에
얼마나 많은 사람이 태어났고
앞으로 얼마나 많은 사람이 태어날까요?
그 모든 사람 중에 같은 사람은 한 명도 없습니다.
작은 손바닥 안의 지문이라는
서로 다른 고유한 증표가 그걸 보여주지요.

남이 나를 위로하지 않아도
남이 나를 인정하지 않아도

남이 나를 사랑하지 않아도
오롯이 온전한 내 인생이니
나를 중심에 두고
내 마음을 지옥으로 만들지 않아야겠지요.
내가 없어지면
온 우주가 멸망하잖아요.

때론 지루해도, 때론 고단해도,
때론 초라해도 함께 살아가야 할 인생이니
타인에게 해를 끼치지 않고
선한 삶을 살려고 노력합니다.

세월이 쌓일수록 물질은 덜어내고
새로운 경험만 쌓고 싶습니다.
가능한 한 가벼운 삶,
그 무엇에도 연연하지 않는 삶,
언제든 어디로든 떠날 수 있는 삶을 꿈꿉니다.
그 여행의 끝이 곧 죽음일 수도 있겠지만.

2024년
장명숙

사랑이야기 이토록 따스한

잠들기 전 종종 생각합니다.
내일 아침 눈떴을 때
내가 70대라면 나는 어떤 모습일까?
어떤 얼굴로 누구와 어디에 있을까?
먼 미래는 막막하니 질문을 바꿔봅니다.
10년 뒤 나는 어떻게 살고 있을까?

침대 머리맡에서 내일을 상상하면
불쑥 불안이 튀어나옵니다.
근심이 마음을 동여맵니다.
그러다 아침 알람이 울리면

출근 준비를 하고 눈앞에 닥친 일을 하느라
이 모든 물음을 일단 덮어둡니다.

당장 넘어야 할 산과
건너야 할 강이 많은 30대 후반에
장명숙 선생님을 처음 만났습니다.
인연을 맺은 지 5년이 흘러
제 나이는 40대 중반에 가까워지고 있습니다.
여전히 인생은 명쾌하지 않고
풀어야 할 숙제처럼 느껴집니다.

"마음이 우울하면 과거에 사는 것이고
마음이 불안하면 미래에 사는 것이며
마음이 평온하면 현재에 사는 것이다."
가만히 노자의 말을 곱씹어봅니다.

현재를 등한시하고 미래를 사느라
늘 불안하고 초조했던 저에게
선생님은 지금 여기에 집중하며 살도록
손을 잡아주신 어른입니다.
그런 선생님의 온기는 제게 용기를 주었습니다.

우리 사회에서 나이는 큰 굴레입니다.
그래서 나이 드는 게 두려운 일일지도 모릅니다.
몇 살이니까 입지 못할 옷이 있다고,
몇 살이니까 해선 안 되는 일이 있다고,
몇 살이니까 가선 안 되는 곳이 있다고,
그렇게 우리는 암묵적으로 강요당합니다.

나이 들어도 산뜻할 수 있고,
나이 들어도 도전할 수 있고,
나이 들어도 사랑받을 수 있다는 것을
〈밀라논나〉를 제작하는 순간마다 느꼈습니다.

이 땅에는 현실의 벽에 부딪혀 좌절하고
이상을 포기하며 살아가는
수많은 '경신이'가 있습니다.
저는 그런 경신이들에게 미래의 희망을 주는
콘텐츠를 만드는 삶을 살아가고 있습니다.
유튜브 〈밀라논나〉 〈펄이지엥〉 〈정희하다〉 등
시니어의 삶을 조명하는 콘텐츠를 잇달아 제작하면서,
제가 찾는 '빛나는 노년'이
세잎클로버처럼 가까이에 있음을 느낍니다.

성공한 어른들을 만날 때마다
집에 계신 제 어머니가 떠오릅니다.
특별한 답이 없을 것 같은 어머니에게
사실 가장 멋진 답이 숨어 있을 때가 많거든요.
그것을 모른 척 외면한 채
밖에서 답을 구하기 일쑤였지요.

사랑하는 자식에게 들려주고픈 이야기가 많지만
그저 앞만 보며 달리는 자식의 뒷모습을 보면서
나지막이 혼잣말하고 마는….
그런 우리네 어머니와 아버지의 이야기를
앞으로도 뚝심 있게 발굴하려 합니다.
그것이 시대를 기록하고, 나를 되짚어보는
가장 따스한 사랑 이야기니까요.

"하루하루는 성실하게, 인생 전체는 되는대로"라는
이동진 영화평론가의 좌우명을 가끔 떠올립니다.
틀에 얽매여 색칠 공부하듯 살지 않고
마음이 가는 대로 순간에 집중하다 보니
어느새 포털 뉴스 에디터, 신문사 편집기자를 거쳐
영상 제작자가 되어 〈밀라논나〉를 만들고

이 책을 쓰게 되었지요.

《오롯이 내 인생이잖아요》를 세상에 선보이기 위해
평일에는 퇴근 후 노트북을 열었고
주말에는 쉼 없이 책 쓰기에 열중했습니다.
런던, 베네치아, 밀라노에 계신 선생님과
인생을 주제로 끝없는 필담을 나누다가
그마저도 갈증이 생기면
전화 통화를 하며 밤을 지새웠습니다.
몇 달간 직장인의 주말을 고스란히 반납했습니다.
몸은 고된 시간이었지만 마음만은 즐거웠습니다.

우리는 크리에이터와 제작자를 넘어
스승과 제자, 어머니와 딸 그리고 친구가 되어
인생의 다양한 주제를 조명하며
유튜브에서 못다 한 이야기를 이 책에 담았습니다.

오롯이 내 인생이기에
자기다움을 지키며 살기를,
자기만의 어른다움을 찾아가며 살기를,
저는 꿈꿉니다.

제 인생에 또 어떤 우연과 인연이 찾아올까요.
벼락같이 찾아오는 인연의 신비를 실감합니다.
좌충우돌 제 인생 여정에 동행하는 모두에게,
제 과거에 존재했고 현재에 존재하고
미래에 존재할 분들에게
감사 인사를 전합니다.

2024년

이경신

차
례

1부　나이 들기
—— 나를 어떻게 호강시킬까 궁리합니다

2부 다스리기
—— 평정심은 마음을 풀밭으로 만들지요

3부 말하기
—— 말은 불씨가 되거나 꽃씨가 되지요

6부 함께 일하기

—— 몫을 나누지 않는 사람들의 말은 신경 쓰지 마세요

7부 사랑하기

—— 매 순간 삶에 충실하며 마음껏 사랑하세요

나를 어떻게 호강시킬까 궁리합니다

1부

나이 들기

귀
티

경신　얼마 전 길을 걷다가 귀티 나는 모녀를 보았습니다. 60대 엄마와 30대 딸로 보였어요. 화려하게 화장하지도 않았고 고급 브랜드 제품을 입거나 들지도 않았는데, 단박에 눈에 들어오더라고요. 그들이 지나간 뒤 뇌리에 그들의 잔상이 오래 남았습니다.

언젠가부터 사람을 볼 때 생김새나 몸매보다 고유한 분위기에 관심이 갑니다. 어릴 때는 몰랐지만 예쁜 것과 귀티 나는 것에는 분명 차이가 있더군요. 나이 들수록 후자에 더 관심이 가고 욕심이 생깁니다. 타고나는 것보다 노력으로 얻는 것의 가치를 알게 됐기 때문일까요?

귀티 나는 사람들에게는 공통점이 있어요. 그들은 대체

로 태도가 여유롭고 친절합니다. 지위 고하를 막론하고 누구에게나 일관성 있는 태도를 보이고요. 과시하지 않으면서 단정한 차림을 합니다. 브랜드로 나를 가리지 않고 브랜드를 활용해 나만의 스타일을 잘 드러낸다는 느낌을 풍기지요. 절제가 생활에 배어 몸도 잘 관리하고요.

논나　누군가의 번지르르한 겉모습을 보고 호감을 품었다가 그와 대화하고 나서 실망하기도 하지요. 반대로 누군가의 평범하고 소박한 겉모습을 보고 기대하지 않았는데, 대화할수록 그의 내면에 감탄하고 진정한 가치를 느끼기도 하지요.

어떤 사람의 차림과 분위기는 그가 살아온 세월이 축적되어 드러납니다. 내면과 외면의 나이테가 쌓여 매력으로 거듭나지요. 가령 주름의 각도는 평생 부드럽게 살았는지 날카롭게 살았는지 보여줍니다.

제가 무엇을 신경 쓰며 살았는지 묻는다면 이렇게 대답할 수 있겠네요.

첫째, 저는 형편에 맞게 편안하고 깔끔한 옷을 갖춰 입습니다. 나이에 어울리지 않는 옷을 입지 않고요. 엄숙한 장소에서 화려한 옷을 입지 않습니다. 보는 사람이 불편해할 가벼운 차림을 하지도 않습니다.

둘째, 내게 알맞은 옷을 입으려 조금 더 걷고, 조금 덜 먹습니다. 과하지 않게 적당히 움직이고 영양가 높은 음식을 섭취하지요. 척추가 아픈 탓도 있어 곧은 자세를 유지하고요.

셋째, 평정심을 유지하려고 노력합니다. 감정 폭풍이 휘몰아칠 때 그 감정을 최대한 잔잔하게 잠재우기 위해 기도하거나 명상합니다. 불편한 감정이 있어도 다른 사람에게 그 감정을 드러내지 않으려고 노력해요.

기분이 나쁘다고 거칠게 말하고, 기분이 좋다고 친절하게 행동하면 다른 사람들이 내 눈치를 봐야 하잖아요. 젊을 때는 기분이 언어를 좌지우지했는데 나이가 드니 역지사지 능력이 조금씩 성장하고 있다고 할까요?

취향 발견법

경신   제가 중학교에 입학할 때 큰이모가 책가방을 선물했습니다. 그런데 그 가방을 직접 사서 주지 않았어요. 제가 마음에 드는 것을 고를 수 있도록 저와 사촌언니를 백화점으로 데려갔지요. 그때 저는 수많은 책가방 앞에서 무엇을 골라야 할지 난감했습니다.

    제가 쭈뼛거리며 좀처럼 고르지 못하자 사촌언니는 "가방이 큰 게 좋니? 작은 게 좋니?" "뻣뻣한 재질이 좋아? 부드러운 재질이 좋아?" "너는 어떤 색을 좋아하니?"라고 물으면서 제 선택을 도와줬습니다. 고심 끝에 제가 고른 것은 선생님이 우리나라에서 론칭하신 보이런던의 파란색 책가방이었어요.

30년이 지난 지금도 그날의 기억이 생생합니다. 무엇을 좋아하는지 대답할 수 없어 당황스럽고 답답했기 때문입니다. 그 후 제가 무엇을 좋아하고 싫어하는지 찾고 싶어 부단히 노력했지만, 여전히 제 취향을 잘 모르겠습니다. 그런데 선생님은 신기할 만큼 스스로 무엇을 좋아하고 싫어하는지 관점이 명확합니다.

"저는 오렌지색을 좋아해요.""맥주는 7도 정도의 IPA 맥주를 좋아해요.""주머니가 있는 옷을 좋아해요.""비 오는 날 고무신 신는 것을 좋아해요.""퇴근길에 KBS 클래식 FM 라디오 듣는 것을 좋아해요.""밤에 혼자 서재에서 책 보는 것을 좋아해요.""길에 버려진 가구를 가져다 고쳐 쓰는 것을 좋아해요."

좋은 취향을 갖는 것은 하나의 재능이라고 생각해요.

논나　　자기 자신을 잘 아는 것이 무엇보다 중요하다고 생각합니다. '나 자신을 아는 것'이 중요함은 알겠는데, 내가 누군지 어떻게 아냐고 묻는 분들이 있지요. 내가 누군지 알려주는 신이나 기술은 없잖아요. 스스로 찾는 수밖에요.

저는 매 순간 저 자신에게 물어요. "명숙아, 지금 즐겁니? 행복하니?" 이렇게 묻고 제게 귀 기울이지요. '즐겁고 행복한 순간의 나'와 '슬프고 불행한 순간의 나'가 곧 나 자신이잖아요. 그런 순간이 누적되어 내 취향을 만들고요.

　내가 지금 무엇을 소비하느냐가 내 취향이라고 말할 수는 없지요. 꾸준히 유지할 수 없는 일회성 소비로 취향과 안목을 기를 수 있을까요? 지금의 내 경제 상황은 언제든 바뀔 수 있어요. 내가 오랜 시간 무엇을 체득했느냐가 내 취향이 아닐까요? 물론 취향은 바뀔 수 있고요.

　내 시간과 에너지는 유한하지요. 내 에너지를 내가 진짜 좋아하는 일에 쓰라고 권하고 싶어요. 남들이 하는 것, 사는 것, 먹는 것을 따르지 말고 내가 진짜 좋아하는 것에 귀 기울여보세요. 외부 환경이 아니라 자기 내면에 집중하다 보면 자기 취향이 생길 거예요.

마
지
막
순
간

경신 할아버지가 돌아가셨던 때가 떠오릅니다. 대장암으로 5년간 투병하다가, 말기에는 가족을 잘 알아보지 못하셨습니다. 제가 마지막으로 뵈었을 때 "사이좋게 지내라"라는 말씀을 하셨어요.

마지막 순간은 불시에 찾아오더군요. 그게 마지막인 줄 알았다면 더 오래 손을 잡고 많은 이야기를 나누었을 텐데요. 가족과 충분히 인사를 나누지 못한 채 떠날 수 있다는 걸 경험하니, 삶과 죽음이 가까이에 있음을 느꼈습니다. 그 후 때때로 마지막 순간에 무슨 말로 삶을 정리할까 생각합니다.

김수환 추기경님의 묘비명은 "너희와 모든 이를 위하여"

와 그분이 평소 좋아하신 성경 구절인 〈시편〉 23편 1절 "야훼는 나의 목자, 아쉬울 것 없노라"입니다. 국민 화가로 불리는 박수근 화백은 "천당이 가까운 줄 알았는데, 멀어 멀어…"라는 말씀을 남기고 생을 마치셨습니다.

죽기 전 '묘비에 어떤 말을 새길까? 어떤 말을 남길까?' 생각하면 역으로 사는 동안 '어떻게 살아야 할까?'에 대한 힌트를 얻을 수도 있겠지요.

논나　저는 제가 살아온 흔적을 가능한 한 간소하고 담담하게 정리하려 합니다. 평범한 한 인간이 세상에 왔다가 가는 거니까요. 사회에 큰 업적을 남긴 처지도 아니고요.

풍속에 따라 윤달에 값비싼 수의를 맞추거나 묫자리를 알아보다가 자식들이 다투는 경우를 왕왕 보았습니다. 자식들이 귀찮지 않게 미리 가르마를 타주려고, 조금씩 죽음을 준비하고 있어요.

일찌감치 장기기증 서약을 했습니다. 제 생명이 다한 뒤 장기기증이 가능하면 기증하고 의학 해부용으로 쓴 다음, 시신은 화장해 분골해서 뼛가루를 유족에게 전달해준다고 들었습니다. 그런 사정으로 아마 제게는 묫자리가 필요 없을 거예요.

제 자식들에게 분골한 뼛가루는 강물에 훨훨 뿌려달라

고 부탁했더니, 작은아들이 다른 방법을 제안하더군요. 훗날 엄마의 뼛가루로 인공 다이아몬드를 만들어 품고 다니고 싶다고요. 내색하지 않았지만 코끝이 찡했습니다.

제가 떠난 뒤 자식이 가끔 저와의 추억을 반추하며 애도하는 아름다운 마무리를 꿈꿔요. 평생 성의껏 살았으니 묘비가 없어도 아쉬움은 없습니다. 그렇게 한 생명이 왔다가 자취를 남기지 않고 홀연히 떠나는 게 지구 환경에도 좋을 듯하고요. 아! 자취는 남겼군요. 사랑하는 두 아들이요.

몇 가지 당부

경신 '요즘 남편, 없던 아빠Not Like Old Daddies, Millennial Hubbies'가 화두입니다. 남편으로서는 아내와 동등한 책임과 권리를 추구하고, 아빠로서는 늦은 시간까지 회사에 남아 일하지 않고 귀가해 가사와 여가를 함께하는 젊은 남성이 늘어나고 있는데요.

젊은 세대와 기성세대가 다름을 체감합니다. 제 남동생도 가족이 먹을 음식을 요리하는 걸 즐기고, 주말마다 가족과 여행하는 걸 최고의 낙으로 여깁니다. 딸에게 먹일 채소를 직접 키우며 살고 싶다고 하더라고요. 딱 요즘 남편, 없던 아빠의 모습이지요.

그런데 이를 바라보는 두 가지 시선이 있습니다. 우선 회사에서 기성세대는 야근이나 회식을 꺼리는 젊은 남자 직원들에게 "회사 생활에 열의가 없다"라며 그들을 못마땅해합니다. 반면 지금이라도 가정과 회사 생활이 공존할 수 있도록 바뀌는 것이 옳다고 지지하는 목소리도 상당합니다.

젊은 세대는 대체로 가정에서 남성의 역할 변화를 당연하게 여기는 듯합니다. 반면 기성세대는 직장 생활하느라 힘든 내 아들이 집안일까지 다 한다며 '나 때는 상상도 할 수 없던 일'이라고 서운해하는 심경을 토로하기도 합니다.

선생님은 아들만 둘을 키우셨잖아요. 한국과 유럽에서 남성의 역할을 다양하게 접하기도 하셨고요. 그런 입장에서 우리 사회의 변화를 어떻게 보고 계신지 궁금합니다. 아들들에게 결혼하면 어떻게 살라고 당부하고 싶은신지도요.

논나　　《성경》의 한 구절을 읽다가 무릎을 탁! 친 적이 있습니다.

"아들 많은 여자는 홀로 시들어간다."

저도 아들만 둘을 뒀으니 홀로 늙어가겠구나 싶어 일찌감치 각오했지요. 그래서인지 아들이 배우자를 만나 새 가정을 꾸리면 저와 거리가 생기는 것은 자연스러운 일이라 생각하고 있습니다. 그렇게 내 품을 떠날 아들에게 엄마로서 슬며시 건네고 싶은 이야기는 제법 있네요.

지금은 과거와 달리 결혼이 삶에 필수 불가결하지 않은 시대니 서두르지 말고 심사숙고해서 진정한 동반자를 찾으라고 권하고 싶습니다. 고심 끝에 좋은 배우자를 만나 가정을 꾸리기로 결심했다면 상대에게 한 사랑의 약속보다 더 굳은 맹세를 자기 자신에게 하길 바랍니다. 기쁠 때나, 슬플 때나, 아플 때나, 그 어떤 때라도 배우자 편에 서주겠다고. 결혼 전에는 하늘의 별도 따줄 것처럼 하다가 결혼 후 남의 편이 되는 배신을 하지 않겠다고요. 제가 결혼 생활을 하며 간절히 바라던 것이기도 하네요. 우리 아들들이 잘 해내기를 기대합니다.

그리고 결혼을 100번 고민해서 결정했다면, 이혼은 1만 번 고민해서 결정했으면 합니다. 이혼이 흉도 아니고 그것을 실패로 여기지도 않는 세상이지만, 자기 선택을 번복하는 의미도 지닌 게 이혼이니 쉽게 생각해선 안 됩니다. 특히 출산한 후에는 이혼이 둘만의 문제로 끝나는 게 아니라 2세에게 지대한 영향을 끼칠 수 있잖아요. 유럽에서 이혼 가정의 2세만큼은 이중, 삼중의 법적 장치로 보호하는 데는 그만한 이유가 있겠지요.

마지막으로 짐은 반으로 나눠 짊어지라는 점도 당부하고 싶네요. 46년 전 처음 이탈리아에서 생활하기 시작했을 때 여러 면에서 문화 충격을 받았습니다. 그중 부부가 평등

하게 가사를 분담하는 것이 가장 놀라웠습니다.

"우리는 권리와 의무가 같아. 역할만 다를 뿐이지. 요리를 좋아하는 사람은 요리를, 청소를 좋아하면 청소를 하면 돼. 이런 게 가정 경영의 질서라고 생각해."

46년 전 이탈리아 친구에게 들었던 이 말을 제 아들들에게도 꼭 들려주고 싶습니다.

불현듯 노후가 오기에

경신　선생님을 처음 뵌 날이었어요. 페라가모와 막스마라 등 이탈리아의 핫한 브랜드를 우리나라에 소개하신 선생님에게 "젊은이들이 명품 사는 걸 어떻게 생각하세요?"라고 여쭤봤지요. 그때 선생님은 빙긋 웃곤 담백하게 답하셨어요.

"사고 싶으면 사야지요. 그런데 노후 준비는 하고 있나요?"

사치품 구매에 대한 찬성과 반대의 시각은 흔히 접했어도, 노후가 준비되었느냐는 질문은 처음 들어 강렬한 인상이 남았어요. 기획자로서 제 가슴속에 〈밀라논나〉의 주제의식이 싹튼 순간이었습니다.

그 후 제가 과소비를 하고 싶을 때마다 '노후'라는 단어가 브레이크 역할을 톡톡히 했습니다. 하지만 현재의 행복과 미래의 대비를 어느 선에서 타협해야 할지 여전히 갈등이 생깁니다.

그래서 이번엔 한발 더 나아간 질문을 하고 싶어요. 노년에는 어떤 삶이 펼쳐지나요? 행복한 노년 생활을 위해 무엇을 준비해야 할까요?

논나　젊은 시절의 삶이 각자 다른 빛깔이듯 노년 시절의 삶도 각양각색이지요. 내가 무엇에 가치를 두느냐에 따라 삶이 달라지잖아요. 자신의 노년기를 스스로 책임지며 살 방법을 찾아야겠지요.

'경제적, 육체적, 정서적 자립'은 노후의 밑바탕입니다. 100세 시대에 노후는 생각보다 길고, 예상보다 돈이 많이 필요합니다. 젊은 시절 소비에 주저함이 없던 사람이 가세가 기울어도 소비를 줄이지 못해 한탄하는 모습을 종종 보았어요. 호화 주택에 살다가 재산을 탕진해 지금은 단칸방에 사는 사람도 보았고요. 의식주를 독립적으로 해결하려면 절약할 수밖에 없지요.

'균형 잡힌 삶'도 중요해요. 조기 은퇴하면 여가 시간이 늘어납니다. 그 시간을 어떻게 사용해야 할까요? 막막하다면 '그 시간을 누구와 보내야 할까?' 생각해보세요. 돈이 많아도 같이 밥 한 끼 먹을 가족도 없고 친구도 없다면 행복할까요? 병실에서 누워 보내는 노년은 어떨까요? 노후에 예상보다 돈이 많이 필요하다고 했지만 경제적 자유는 수단이에요. 돈이 삶의 목표가 되면 안 됩니다.

유럽에서는 은퇴한 사람들이 가족과 함께 여행하는 모습을 흔히 볼 수 있습니다. 여든 살 넘은 할아버지가 동반자와 음악에 맞춰 근사하게 춤을 추기도 하고요. 그들은 악기 연주, 자전거 타기, 등산, 수영 등 취미 생활을 다양하게 즐깁니다. 그러한 취미 생활이 노년의 삶을 풍요롭게 만들지요.

그리고 겁먹지 마세요. 삶에는 그 순간에 맞닥뜨려야 느낄 수 있는 생생한 행복이 있으니까요. 노년에도 그런 행복이 곳곳에 숨겨져 있으니 보물찾기를 하듯 부딪쳐보자고요.

비혼에 관하여

논나 돌아가신 제 어머니는 여행을 좋아하셨어요. 어느 날엔 북유럽에 다녀오시더니 이렇게 말씀하시더군요.

"명숙아, 유럽에 참 좋은 게 하나 있더라. 한번 살아보고 결혼을 하더라고."

그 순간 저는 제 귀를 의심했습니다.

"아니, 어머니! 그렇게 시집가지 않겠다고 버티는 딸을 대학 졸업하자마자 철 지난 음식 치우듯 결혼시키더니 무슨 말씀이세요?"

"그러게 말이다. 내가 좀 더 깨었으면 너한테 시집가라고 강요하지 않았을 텐데…. 여자들이 결혼하지 않고도 행복하게 사는 모습을 보니 너한테 미안하더구나."

이게 30년 전인 1990년대에 하신 말씀이네요.

제가 두 아들의 엄마가 되고 딸 같은 경신 씨도 만나고 보니, 결혼하라 성화하신 마음도 후회하신 마음도 모두 이해가 갑니다.

결혼과 출산을 모두 해본 저는 이것을 태어나서 한번 해볼 만한 의미 있는 경험이라 생각하지만, 꼭 겪어야 한다고 생각하지는 않아요. 정해진 시기에 얽매여 맺는 인연이 아니라, 서로 사랑해서 가슴이 시킬 때 맺는 인연이어야 하지 않을까요?

그런데 아쉬운 건 있어요. 요즘은 그 길을 걸어보기도 전에 비혼을 선택하는 사람이 많은 듯합니다. 연애와 결혼, 출산을 모두 하지 않으려는 이유가 뭘까요?

경신　이미 30년 전에 동거에 관한 이야기를 하셨다니, 논나의 어머니는 시대를 앞서 나간 분이시네요. "나쁜 짝과 만나느니 혼자 사는 것이 낫다"라는 이탈리아 속담도 떠오르고요.

점점 초혼 연령이 높아지고 초산도 늦어지고 있습니다. 왜 그럴까 생각해본 적 있어요. 저처럼 1980년대 이후에 태어난 세대는 부모님이 아들, 딸 구별 없이 대학까지 보냈잖아요. 우리 세대에게는 여자도 대학을 졸업하고 취업하는 게 당연합니다. 사교육부터 대학 등록금, 해외 연수까지 평균치 인간으로 살기 위해 부모님 노후 자금까지 끌어다 썼건만 많은 자식이 서른 살 넘도록 여전히 캥거루 신세입니다.

스물다섯 살에 취업해 알뜰살뜰 모아도 서른 살에 집 장만은커녕 전셋집도 얻기 어렵습니다. 30대 중반에 이르러 내 힘으로 전셋집이라도 얻게 되면 그땐 결혼이라는 제도가 주는 매력이 떨어져요. 결혼 후 얻을 만족보다 잃을 자유가 더 크게 느껴지거든요.

그리고 학습 효과도 있습니다. 주변에서 일을 잘하는 선배들이 출산과 육아로 회사에서 밀려나거나 그만두는 사례를 다수 지켜볼 때마다 안타깝습니다. "가정을 이뤄 행복하다"라는 말만큼 "넌 그냥 혼자 살아라"라는 말도 많이 듣습니다. 텔레비전에서도 결혼해서 극한의 갈등을 겪는 모습이나 양육이 힘들어 좌절하는 모습을 많이 보고요. 그러다 보니 저 모습이 내 미래라면 그 길을 걷고 싶지 않다는 생각이 절로 듭니다.

한마디로 모든 곳에서 위기 상황이라고 사이렌이 울리고 있어요. 위험하니 도망치라고요. MZ 세대에게는 그 도망이 비혼이고, 비출산인 듯합니다. 내 삶이 불행한데 나라를 지탱하자고 자식을 낳고 싶은 젊은이는 없을 테니까요.

'아이를 낳으면 얼마를 지원해준다'라는 정책은 아이를 낳은 사람에게 분명 도움을 줄 테고 또 필요한 것이지요. 그러나 '당장 하루하루를 버티기도 힘든데 그 지원금을 받자고 아이 낳을 결심을 하는 사람이 있을까?'라는 생각도 듭니다. 결국 이 문제는 젊은이들이 '이제 좀 살만하다'라는 생각이 들어야 해결되지 않을까 싶어요.

취미란 무엇인가

경신　　"취미가 뭔가요?"

　소개팅할 때마다 듣는 질문입니다. 취미가 잘 맞아야 함께 즐거운 시간을 보낼 수 있을 테니 꼭 필요한 질문이긴 합니다. 그런데 저는 그 질문을 받을 때마다 좀 난감합니다. 무엇이 즐거운지, 무엇을 하면 가슴이 설레는지 곰곰이 생각해봐도 취미라고 할 만한 것을 찾지 못했기 때문입니다. 단순히 질문을 받아서가 아니라 실제로도 큰 고민입니다. 나이가 들수록 점점 가슴 설레는 일이 줄어드는 것이 느껴지거든요.

　사실 20대까지는 하고 싶은 게 많았어요. 영어, 중국어, 일본어 같은 외국어도 공부했고요. 몸치라 무슨 운동을 배우던 선생님의 관심을 한 몸에 받아야 했지만 수영이나 테니스, 춤 같은 운동도 즐겼습니다. 어릴 적 배웠던 피아노를 취미로 다시 배우며 한동안 행복했던 기억이 납니다. 동호회나 각종 모임에도 관심이 많았어요. 배운 것을 곧바로 잘하지는 못해도 새로운 분야와 사람을 만나는 것 자체를 좋아했거든요. 그때만 해도 제가 '취미 부자'라도 될 줄 알았어요. 그런데 마흔두 살의 저는 단 하나의 취미도 없이 끙끙대는 '취미 유목민'입니다.

현실에 허덕이느라 꿈이 사라진 느낌입니다. 미래에 필요할 것 같은 공부에는 당장 투자해도 현실에 도움을 주지 않을 것 같은 취미는 사치로 느껴지고요. 무엇보다 재미있는 일을 찾는 것부터가 힘들어요. 친구가 취미로 첼로를 배우기 시작했는데 마흔 살 넘어 새로운 악기에 도전하는 용기가 충격으로 느껴졌어요. 사는 게 통 신나지 않을 때가 많아요.

논나　경신 씨의 또 다른 면을 발견했네요. 이런 속내까지 털어놓다니 고마운 마음마저 듭니다. 경신 씨가 호기심이 많을 거란 짐작은 했어요. 무엇보다 저처럼 흔치 않은 스타일의 할머니에게 다가왔으니까요. 그래도 그렇게 다양한 경험을 했다는 이야기는 금시초문이에요.

저는 취미란 '즐거운 마음으로 자신을 몰입 상태로 인도하는 것'이라고 생각해요. 영어로는 'enjoy' 상태와 비슷하겠네요. 저도 경신 씨처럼 특별하게 "이게 제 취미예요"라고 내세울 게 마땅치 않습니다. 그렇지만 즐기는 것은 무척 많아요.

일단 아침에 눈을 뜨면 건강하게 새날을 맞은 것에 감사합니다. 그리고 제 체온으로 따뜻해진 이불 속에서 잠시 오감을 즐겨요. 오늘은 나를 어떻게 호강시킬까 상상하면서요.

그뿐 아닙니다. 어떤 내용이든 읽기를 즐기고, 하루에 1만 보를 걷기 위해 신발 끈을 동여매고 걷기를 즐깁니다. 마음이 심란할 때는 클래식 음악을 즐깁니다. 요즘 새롭게 즐기게 된 것이 하나 더 있습니다. 산책길에 긴 집게를 들고 나가 쓰레기를 치우며 깨끗한 거리 만들기를 즐깁니다. 그러고 보니 저는 취미 부자 같네요.

내과 의사이자 행동과학자인 앤서니 T. 디베네뎃은 '유쾌 지능Playful Intelligence'을 이야기했어요. 유쾌 지능이란 아이들처럼 순수한 열정을 간직하고 어떤 상황에서도 세상을 즐겁게 살아가는 능력이랍니다. 그런 능력을 기르려면 상상력, 사교성, 유머, 즉흥성, 경이감을 높여가야 한다네요.

유쾌 지능을 깨워 삶의 매 순간을 취미를 즐기듯 살라고

말하면 남의 속도 모르는 둔치 할머니라고 눈을 흘기려나
요? 어차피 하루하루 살아내야 하는 삶! 취미를 즐기듯 살
려고 노력하자고요. 알렉산드르 세르게예비치 푸슈킨의 시
한 구절을 상기하면서요.

"삶이 그대를 속일지라도/ 슬퍼하거나 노여워하지 말
라/ 슬픈 날을 견디면/ 기쁨의 날이 오고야 말리니."

자식과의 거리

논나   제겐 두 아들이 있습니다.

큰아들은 1976년생이니 몇 해 지나면 쉰 살이 되네요. 서울에서 마음 맞는 파트너와 보금자리를 꾸려 행복하게 지내고 있습니다. 워낙 깔끔한 성격이고 파트너도 감각이 출중한지라, 가끔 그들의 보금자리에 초대받아 가보면 공간 연출에 감탄하곤 합니다.

그들이 사는 풍경을 보면 저절로 고마운 마음이 생깁니다. 엄마에게서 완전히 독립해 자기 인생길을 뚜벅뚜벅 걸어가는 모습을 보면 흐뭇하기도 하고요. 가끔은 엄마보다 더 커진 아들의 뒷모습이 든든하기도 하고 낯설기도 합니다.

그리고 둘째 아들은 1984년생으로 올해 마흔을 넘겼습니다. 2011년 어느 날 둘째 아들에게 "어머니, 이젠 제가 독립할 때가 된 것 같아요. 분가를 허락해주세요"라는 말을 들었을 때 대견함보다 허전함이 느껴졌습니다. 왜 그랬을까요?《성경》창세기에 "자식은 성인이 되면 부모 곁을 떠나 독립해야 한다"라는 구절이 있지요. 자연의 순리겠지만 제 품을 떠난다고 생각하니 만감이 교차했습니다.

둘째 아들은 분가 이후에도 가끔 독립한 집에 저를 초대했어요. 제가 좋아하는 계란말이와 맥주를 대접하던 다정한 녀석이었지요. 그는 2014년 런던으로 유학을 떠나 지금은 런던에 자리를 잡았습니다. 타향살이한 지 벌써 10년이 되었네요.

저는 독립한 두 아들에게 간섭하지 않으려고 노력했어요. 하지만 엄마인지라 모든 것을 모른 척할 수는 없더군요. 얼마 전 런던에 있는 둘째 아들 집에 방문했을 때였지요. 이역만리 객지에서 파트너도 없이 홀로 작업하랴, 살림하랴 바쁜 아들을 보니 마음 깊은 곳에서 짠한 느낌이 올라오더군요. 50년 경력 살림꾼 어미의 눈으로 빈틈이 보이는 구석에 살짝 손을 댔습니다. 내 나름대로 동선을 고려해 물건 위치를 옮기거나 구석진 곳의 먼지를 제거했지요.

작업실에서 돌아온 아들이 기뻐할 줄 알았는데 뜻밖의 이야기를 하더군요.

"어머니, 제 나이가 이제 마흔이고 객지 생활이 10년입니다. 군대까지 합하면 거의 20년 가까이 제 리듬을 형성했어요. 제 살림은 제가 잘할 수 있어요."

자식이 저만치 멀어져 가는 듯해 온몸의 에너지가 땅 아래로 쑥 내려가는 느낌이었습니다. 제 안의 정서가 출렁대는 게 느껴졌지요. 혹시라도 눈물이 나올까 봐 입술을 꽉 깨물고 제 얼굴을 안 보이려 아들과 반대 방향으로 고개를 돌렸습니다.

그날 밤 우리 모자는 어색하고 무거운 침묵 속에서 시간을 흘려보냈습니다.

다음 날 아침 자신이 얼결에 내뱉은 말의 무게를 인식했는지 아들은 스튜디오로 출근한 뒤 "어머니, 사과드립니다. 저도 어머니가 오셔서 좋으니 제가 한 말실수에 괘념치 마세요. 자주 와주세요"라는 문자 메시지를 보내왔습니다.

에구, 자식이 뭘까요. 아들의 말 한마디에 지옥과 천당을 오가는 우둔한 엄마가 저라는 존재입니다. 다 큰 자식의 성 안을 기웃거리지 않겠다. 아들과의 거리를 인정하고 지켜주겠다. 재차 다짐하며 오지랖을 넓혔던 사연을 적어봅니다.

경신 선생님의 글을 읽고 제 어머니의 일기장을 훔쳐본 것 같아 눈물이 핑 돌았습니다. 제가 어머니에게 상처를 인긴 기억이 하나둘 떠올라 마음이 무겁습니다.

저도 선생님의 둘째 아들과 비슷하게 부모님에게서 독립해 생활한 지 20년이 넘었습니다. 처음에는 독립했다는 해방감과 제 뜻대로 할 수 있다는 자유를 만끽했습니다. 늦게 일어나도, 늦게 귀가해도 나무라는 사람이 없어서 좋았고요. 맵고 짠 음식을 먹어도, 술을 마셔도 눈치를 볼 일이 없어서 편했습니다. 제가 사고 싶은 이불과 살림을 하나씩 장만하는 재미도 쏠쏠했고요.

그런데 혼자 사는 재미는 금세 사라지더라고요. 모든 것을 제 마음대로 할 수 있다는 것은 곧 모든 것을 제가 해야 한다는 뜻이니까요. 샤워만 했는데 욕실에 왜 그렇게 머리카락이 수북한지요. 유리창은 어떻고요. 손으로 만지지 않으면 늘 깨끗할 줄 알았는데 그게 아니더라고요. 깨끗한 유리창은 누군가가 수시로 닦았기 때문이란 걸 스무 살 넘어서 알았습니다. 샴푸와 화장지는 제때 맞춰 구매해야 했고요. 제날짜에 맞춰 세금을 내지 않으면 연체 수수료가 붙으니 정신을 바짝 차려야 했습니다.

그동안 제가 편히 지내온 모든 순간에 어머니의 수고가 있었음을 깨닫기까지 그리 오랜 시간이 걸리지 않았습니다. 그제야 부모님의 품이 그리웠지만 이미 분가해 취직한 터라 돌이킬 수 없었습니다. 그 뒤로는 제가 처한 상황을 받아들였지요.

저는 좌충우돌했지만 제 방식대로 삶을 정리해나갔습니다. 실은 아직도 다 정리하지 못한 채 살아갑니다. 일찍 결혼한 어머니는 제 나이에 스무 살 딸이 있었던 건데, 도대체 어떻게 가정을 꾸리셨는지 새삼 놀랍습니다. 저는 제 한 몸 건사하기도 쉽지 않아 허덕이거든요. 그래도 혼자 산 기간이 10년이 지나자 제 삶이 자리를 잡아간다는 생각이 들더라고요. 어머니의 살림 방식과는 다르지만 제가 편하게 느끼는 방식이 생겼습니다. 선생님의 둘째 아들이 말한 '제 리듬'이라는 건 아마 그런 뜻일 겁니다. 저도 똑같이 그 지점에서 종종 어머니와 마찰이 있었거든요.

어머니는 간혹 제가 사는 집에 와서 혀를 끌끌 차며 집 안을 정리하십니다. 한번은 부엌의 그릇을 싹 정리하셨어요. 청소하다 보니 눈에 밟히는 것이 많아 크게 손을 보신 거지요. 어머니는 퇴근한 제게 용도에 따라 싹 정리한 그릇을 보여주며 뿌듯해하셨지만, 저도 제 나름대로 원칙을 가지고 그릇을 정리했던 터라 환하게 웃을 수 없었습니다. 어두운 제 표정에 순식간에 풀이 죽은 어머니의 모습이 떠오르네요. 그때를 생각하면 죄송한 마음뿐입니다.

더 큰 처하지만 어머니 그늘이 여전히 그립습니다. 겉으로는 툴툴거려도 속으로는 어머니가 더 나이 들어 어머니의 손길을 받지 못하는 순간이 올까 봐 두렵습니다. 끝까지 이기적인 자식의 마음을 털어놓자면 어머니가 영영 멀어지지 않고 오래오래 제 곁에 계시면 좋겠습니다.

모르면 물어보세요

경신 　아리스토텔레스는 "호기심이야말로 인간을 인간이게끔 하는 특성"이라고 말했지요. 한국인은 유난히 호기심이 많은 민족이라는 글을 본 것도 기억이 납니다. 세계 어디를 가도 새로운 곳에 우르르 몰려가는 사람들은 한국인이라는 내용이었지요. 그런 호기심을 원동력으로 전쟁 폐허였던 나라가 빠른 기간 내에 전 세계에서 알아주는 기술 강국으로 거듭날 수 있었던 거겠지요.

　한국인이 대체로 그렇다고 해도 가까이에서 본 선생님은 유별나게 호기심이 많으십니다. 선생님의 눈은 새로운 걸 발견했을 때 한 번씩 '반짝' 빛납니다. 그것은 젊은이들이 먹고 입는 것부터 〈밀라논나〉를 촬영할 때 촬영진이 늘고 온 새로운 마이크나 장비 같은 것이에요. 유튜브의 기본 원리나 생성형 인공지능 같은 첨단 기술을 궁금해하시기도 했지요. 젊은이들이 쓰는 신조어에도 흥미를 보이셨고요.

언제나 호기심을 숨기지 않고 꼭 물어보시지요.

"그건 뭐예요? 어떻게 하는 거예요?"

선생님의 끊이지 않는 호기심이 어디서 나오는지 궁금합니다.

논나   할머니의 호기심이 좀 과했나요? 저는 어릴 적부터 궁금한 것이 생기면 꼭 알아내야 하는 편이었습니다. 나이 들어 유튜브 크리에이터로 살면서 자연스럽게 새로운 문물을 접해 얼마나 즐거웠는지 몰라요.

그러고 보니 〈밀라논나〉 시작도 그랬네요. 방송사 인터뷰인 줄 알고 촬영했는데 그걸 유튜브에 공개했다고 하더라고요. 내가 나온 영상을 열흘 만에 수백만 명이 봤다니 얼떨떨했지요. 뉴스로 명칭만 들어본 유튜브라는 걸 어디로 들어가면 볼 수 있는지, 내 영상을 본 사람이 몇 명인지를 어떻게 아는 건지, 영상을 올리는 사람이 나 말고 몇 명쯤 더 있는지 등 궁금한 게 아주 많았어요.

출연자의 영역 밖에 있는 기술 부분도 많이 물어봤지요? 일흔 살 할머니에게 알고리즘의 원리를 몇 번이고 설명해주던 경신 씨의 모습이 떠오르네요. 또 같이 〈밀라논나〉를 만든 숙연 피디 외에도 많은 친구가 늘 백과사전처럼 친절하게 설명해준 덕분에 일흔 살 할머니가 최첨단 플랫폼의 스타가 될 수 있었지요.

의도한 것은 아니었으나 그런 궁금증 덕분에 우리 일과 팀을 이해하는 데 많은 도움을 받았어요. 나이가 많지만, 잘 모르는 분야지만, 당장 어디에 도움이 될지 모르지만, 앞으로도 궁금한 점이 있으면 답을 구하며 살려고 해요.

호기심은 뇌 기능을 향상하는 자양분! 모르면 물어보세요. 뇌과학에서 뇌가 늙지 않는 사람들을 연구했더니 새로운 것에 호기심이 넘쳤다고 하네요. 아는 것도 힘이고 모르는 것을 물어보는 것도 힘이에요.

티끌을 모으면

경신　　“철수는 빚내서 아파트를 사 7억을 벌었다더라. 영희도 퇴직금으로 비트코인을 해 5억을 벌었단다. 영식이는 주식이 대박 나서 회사를 그만뒀다더라.”

지난 몇 년간 세계 각국 중앙은행은 저금리 상황에서 시중 통화량을 늘렸습니다. 시중에 돈이 돌자 사람들은 공격적으로 투자를 확대했지요. 투자금이 있거나 빚낼 용기가 있던 사람들은 이 기간에 자산을 크게 불렸다고 합니다.

자산 증식 열차에 올라탄 사람들은 저 멀리 앞서가고, 남은 사람들은 다음 기회가 영영 오지 않을까 초조합니다. 부동산, 비트코인 등에 투자해 성공한 사람들의 뉴스를 접하면 세상에 돈을 못 버는 사람은 나밖에 없는 것 같단 생각이 들어, 젊은이들이 불안과 우울감에 빠지곤 합니다. 열심히 회사에 다니며 알뜰히 저축하고 모으는 것에 의미가 있을까요? 티끌을 모아봐야 티끌이 아닐까요? 요즘 젊은이들의 고민입니다.

논나 우선 젊은이들에게 그런 고민을 들을 때마다 미안한 마음이 큽니다. 제가 성인이 된 1970년대에 우리나라는 급성장을 시작했습니다. 일자리가 넘쳐났지요. 재산을 한창 불리던 40대에는 예금 금리가 지금보다 높았습니다. 그때는 열심히 일하고 저축하면 서민도 내 집을 마련하는 것이 가능했지요.

하지만 지금은 모든 게 달라졌어요. 제 주변을 보니 명문대를 나온 능력 출중한 젊은이들도 직업을 구하기 어려워 헤매고 있더군요. 예금 금리도 약 3~4퍼센트에 불과합니다. 어떤 방법으로 재산을 형성해야 할지 막막한 그 마음이 충분히 이해가 갑니다.

그래도 티끌 모아 티끌이라는 말은 좀 염세적으로 들리네요. 티끌이라도 모으는 사람은 삶의 자세가 다릅니다. 푼돈도 모으지 못하는데 목돈이 어느 날 하늘에서 뚝 떨어질까요? 저는 지금껏 적은 돈을 허투루 쓰는 부자를 한 번도 본 적이 없습니다. 열심히 저축하고 부지런히 돈의 흐름을 공부하세요. 매일 뉴스를 보는 습관도 재테크에 도움을 준다고 하더라고요.

저는 살날이 얼마 남지 않았고 노후 대비를 해두었지만 여전히 절약합니다. 한 푼이라도 더 절약해 모은 돈을 어려운 이웃을 위해 쓰고 싶어서 그래요. 절약에는 경제적 이유를 넘어, 인생 측면에서도 돈을 아끼는 것 이상의 의미가 있습니다. 절약하려면 내 삶의 가치와 우선순위를 더 고민해 답을 찾아야 하기 때문입니다. 이 역시 인생에 커다란 득이 됩니다.

포기하지만 않으면 눈앞의 티끌이 태산이 되는 날이 분명 올 겁니다.

경제적 자유를 얻은 뒤

경신　요즘 제 또래의 꿈은 파이어족FIRE族이에요. 파이어족은 '경제적 자립Financial Independence'과 '조기 은퇴Retire Early'의 머리글자를 따서 만든 용어지요. 이들은 젊을 때 극단적으로 절약해 노후 자금을 빨리 확보하고, 늦어도 40대에는 은퇴하겠단 계획을 세웁니다.

'어떻게 살 것인가?'라는 질문의 답은 시대에 따라 계속 바뀌지요. 한동안은 '인생은 한 번뿐You Only Live Once'이라는 욜로족YOLO族이 대세였습니다. 내일은 신경 쓰지 않고 오늘 당장 명품도 사고, 비싼 밥도 먹고, 여행도 다니면서 현재의 행복에 가장 큰 가치를 두며 즐기자는 주의지요. 사람들이 욜로의 위험과 허무함을 깨달으면서 이번엔 노후와 은퇴를 일찍부터 준비하자는 파이어로 눈길을 돌린 것이라는 분석도 있습니다.

그뿐만 아니라 '삶에 필요한 건 하나뿐You Only Need One'이라는 요노족YONO族도 있습니다. 불필요한 소비를 줄이고 알뜰하고 실용적인 소비를 하는 쪽으로 인식이 바뀌기 시작한 것이지요.

파이어족의 관심은 대부분 어떻게 하면 은퇴 자금을 빨리 모을까에 초점이 맞춰져 있는 듯해요. 제 주변에서도 투자와 관련된 방법론은 익히 들어봤지만 정작 은퇴 이후의 삶은 들어보지 못했습니다. 파이어족을 꿈꾸는 사람들에게 은퇴한 뒤 무엇을 하며 지내고 싶은지 물어보면 대체로 여행, 골프 등을 하며 살겠다고 답하더라고요. 100세 시대에 40대에 은퇴하면 남은 60년을 무엇을 하며 살아야 할까요? 경제적 자유를 누리게 된 이후에는 무엇을 하며 살아야 할까요? 삶은 쉼 없는 궁리의 연속이네요.

논나　파이어족은 이상적인 삶을 꿈꾸는 이들이지요. 경제적으로 자립할 수 있다는 확신이 서면 현직에서 미련 없이 은퇴하겠다는 것인데, 그 이후 무엇을 하고 싶은지는 비어 있더군요. 그 빈칸을 채울 이야기를 들려줄게요.

힌두교도는 이상적 삶을 네 단계로 구분합니다. 이른바

'인생 4단계론'이에요. 그들은 삶의 첫 단계를 학습기學習期로 봅니다. 이는 태어나서 스물다섯 살까지로 스승들에게 삶의 경험과 지혜를 전수받는 시기입니다. 그다음은 가주기家住期입니다. 결혼해서 가정을 꾸리고 자신을 키워준 부모와 조상에게 빚을 갚는 시기입니다.

가주기 다음의 임서기林棲期는 쉰 살에서 일흔다섯 살까지의 시기입니다. 임서기는 말 그대로 숲에 머문다는 뜻이에요. 가정과 사회에 의무를 다했으니 한적한 숲속으로 들어가 자신을 구원하는 데 시간을 투자하는 단계지요. 이때 세상일에 집착을 끊는 것을 연습하고 엄격한 금욕 생활을 실천한다고 합니다.

마지막 유행기遊行期! 삶의 모든 집착을 끊는 연습을 25년 넘게 했으니 이제는 여기저기 떠돌아다니며 거주지 없이 유랑민으로 사는 겁니다. 그렇게 살다 아무 데서나 삶을 마감해도 당연하게 여깁니다. 공수래공수거空手來空手去, 무소유의 삶이지요.

욘족YAWN族도 있습니다. 이는 'Young and Wealthy but Normal'의 약자로 30~40대에 막대한 재산을 모아 부자가 되었지만 호화 생활을 멀리하고 활발하게 자선 활동을 벌여 인류에 기여하려는 의지를 지닌 부류를 말합니다. 《월스트리트저널》에 따르면 이들 욘족은 빌 게이츠를 수호성

인으로 꼽는다고 합니다.

그렇다면 파이어족의 노년은 어떤 모습일까요? 힌두교도처럼 쉰 살부터 모든 걸 내려놓는 삶을 살지, 욘족처럼 봉사하며 살지, 그도 아니면 인생 이모작으로 작가나 예술가의 꿈에 도전할지 호기심이 생깁니다.

"듣기 좋은 꽃노래도 한두 번이지"라는 속담이 있지요. 치열하게 살다가 잠깐씩 느끼는 자유 시간과 취미 생활은 꿀처럼 달콤합니다. 그러나 은퇴 후 자칫 삶이 무료해져 무가치한 방종에 이르거나 비생산적 길로 빠지면 어쩌나 하는 노파심도 조심스럽게 고백해봅니다.

아
름
다
운

나
이
듦

논나　18년 전 정월 초에 저는 중대한 결심을 하고 실행
에 옮겼습니다. 삭발을 한 것이지요. 이유는 염색이 귀찮아
서였습니다. 혼자 머리를 자르고 염색하려면 족히 반나절
을 잡아먹으니 시간도 아까웠고요. 일정 기간 머리에 두 가
지 색이 공존하는 것도 견디기 힘들었습니다.

　그때 나이가 쉰넷이었습니다. 쉰넷이면 굳이 젊어 보일
필요가 없겠다는 생각도 한몫했지요. 그런 이유로 삭발을
결행했는데 유독 친정어머니가 불같이 역정을 내셨습니다.

　"어쩌자고 자식이 엄마보다 더 늙어 보이려 하느냐!"

　사실 삭발할 때 친정어머니보다는 젊은이들이 어찌 생
각할지 궁금했습니다. '늙었다고 피하진 않을까?' 은근히

걱정도 했지요.

그런데 웬걸, 젊은이들의 반응은 예상외로 호의적이었습니다. 심지어 아들 친구와 옛 제자는 자기들도 나이 들면 저처럼 염색하지 않고 자연스러운 머리색의 변화를 즐기겠다는 반응을 보였습니다. 그때 '젊은이들한테는 늙은이의 머리색이 중요하지 않구나'라고 생각을 정리했습니다.

저는 앞으로도 계속 젊은이들과 즐겁게 시간을 보내고 싶고 경험도 공유하고 싶은데, 눈치 없는 늙은이라고 혐오스러워하면 어쩌지 하는 염려가 점점 늘어납니다. 그런 만큼 '틀딱' 같은 용어를 들으면 씁쓸합니다. '아니, 자기들도 늙을 텐데. 세상 모든 늙은이에게도 젊은 시절이 있었다고!'

한편으로는 어쩌다 이런 대우를 받게 되었나 반성도 해봅니다. 먼저 살았다는 이유로 내 방식을 고수하기보다 젊은이들이 싫어하는 행동을 자제하며 함께 좀 더 밝은 세상을 만들어갈 수는 없을까 하고요.

저는 젊은이들이 어떤 경우에 늙음이 혐오스럽지 않고 '아! 나도 저런 어른처럼 나이 들고 싶다'라고 느끼는지 궁금합니다. 그 반대의 경우도 마찬가지입니다.

저만큼 젊은이들에게 둘러싸여 사는 늙은이도 많지 않을 겁니다. 저는 일로, 개인적 친분으로 젊은이들과 많이 소통하며 지내고 있습니다. 하지만 젊은이들이 제게 솔직하게 조언하는 경우는 거의 없습니다. 이참에 경신 씨에게 다른 젊은이들에게 들을 수 없었던 솔직한 조언을 구하고 싶습니다. 어떻게 젊은이들과 즐겁게 시간을 보낼 수 있을까요?

제게 딸 같은 경신 씨니까 솔직하게 답을 주지 않을까 기대를 해봅니다. 저는 앞으로도 경신 씨 같은 젊은이들과 오래도록 좋은 관계를 유지하고 싶거든요.

경신   선생님처럼 많은 사람이 롤모델로 꼽는 어른이 이런 고민을 하고 계신다니 조금 놀랍습니다. 젊은이들과 좋은 관계를 유지하고 싶은데 뭘 하면 좋을지 고민하시는 것만으로도 선생님은 이미 충분히 그럴 자격이 있으세요.

그런 연유로 답을 모두 알고 계실 선생님에게 따로 드릴 조언은 없습니다. 다만 저도 이 기회에 어떤 어른이 되고 싶은지 진지하게 고민해보았습니다.

나이 듦이란 무엇일까요? 선생님 앞에서 이런 말은 참 송구하지만 "저도 노화의 기분을 전혀 이해하지 못하는 것은 아닙니다"라고 슬며시 자락을 깔아봐도 될까요?

마흔둘인 저는 얼마 전 눈이 침침해 안과에 갔습니다. 질환을 의심했는데 충격적이게도 의사 선생님은 노안이 오기 시작했다고 진단했습니다. 그뿐 아닙니다. 몸의 회복력이 예전 같지 않다는 느낌도 자주 받습니다. 전에는 야근 해도 다음 날 아침 출근이 힘들지 않았는데 요즘에는 몸이 천근만근입니다. 주변 선배들을 보니 10년쯤 더 지나면 폐경이 오고, 무릎도 슬슬 시리면서 아플 거라고 하더군요. 생각만 해도 서러움이 밀려옵니다.

앞으로 몸의 퇴행이 늘어나 점차 여러 가지 불편을 느끼리라고 짐작은 하고 있습니다. 이 대목에서 한 가지 떠오르는 사건이 있습니다. 한 달 전 퇴근길 지하철 안에서 벌어진 일입니다. 70대로 보이는 어르신이 만원 지하철에 탔는데 마침 노약자석도 만석이었습니다. 지하철을 한 바퀴 둘러본 그 어르신은 제 맞은편에 앉은 20대 여성에게 다가가더니 호통을 쳤습니다.

"젊으면 좀 서서 다녀! 나이 든 사람 탔는데 자리 없으면 일어나야지 예의도 없어?"

젊은 여성은 끝내 일어나지 않았습니다. 계속된 고성에 결국 제가 일어나 자리를 양보했습니다. 제 자리에 앉은 그 어르신은 더 큰 소리로 요즘 것들의 예의를 두고 한참 설교했습니다.

형편이 더 나은 젊은이들이 가능하면 양보하는 게 당연히 좋지요. 그렇다고 정중히 양해를 구하는 것도 아니고 나이가 많다는 이유로 젊은이들에게 호통치고 강요하는 모습은 솔직히 좋아 보이지 않았습니다. 저는 나이 듦을 무기 삼지 않는 어른이고 싶습니다.

그다음으로 제가 지향하는 어른의 모습도 표현과 관련이 있습니다. 우리나라 어른들은 유독 표현에 인색한 편입니다. 저도 그렇고요. 기쁨, 분노, 칭찬, 사과 등 다양하게 감정을 드러내야 할 상황에서 대개는 침묵으로 그것을 표현합니다. 여기엔 감정을 드러내길 꺼리고 점잖게 속마음을 감추는 것을 미덕으로 삼은 유교의 영향도 한몫했으리라 봅니다.

그러나 오히려 어른들이 감정을 표현해주는 것이야말로 용기 있고 성숙해 보입니다. 저는 젊은이들에게 "고맙다" "미안하다" "기쁘다" "행복하다" "축하한다" 같은 긍정적 표현을 많이 하는 어른이고 싶습니다.

마지막으로 외적 노화를 부정하기보다 자연스럽게 받아들이는 모습이 더 멋지게 느껴집니다. 젊을 적 가장 좋았던 모습이 왜 그립지 않겠어요. 하지만 나이 든 모습에도 그 연륜에서 느껴지는 성숙미가 있다고 봅니다.

저도 40대가 되니 조금씩 흰머리가 생기고 얼굴 탄력이 예전 같지 않습니다. 그런 제 모습에 거울을 볼 때마다 신경 쓰이고 속상한 게 사실입니다. 병원에 가서 관리나 시술을 받아봐야 하지 않을까 고민도 하고요. 그래도 이런 나이 듦의 과도기를 지나 20년 후 제가 되고 싶은 모습은 20대처럼 어려 보이는 게 아닙니다.

70대에 보톡스와 리프팅을 과하게 해 제대로 웃지도 못하는 어색한 표정보다는 자연스럽고 깔끔한 머리에 적당히 파인 주름이 더 낫습니다. 그게 자신감 있어 보이고, 스스로의 삶에 긍지를 갖고 있는 듯 느껴진달까요? 특히 나이가 들어 생기는 표정 주름은 그 사람의 인생을 보여준다는 생각이 듭니다. 눈가에 웃음 주름이 예쁘게 잡힌 어른을 보면 '평생 저렇게 누군가에게 웃음을 보여준 다정한 분이었겠구나'라고 혼자 상상합니다.

물론 평소 건강 관리를 잘해 젊어 보이는 것은 부럽습니다. 잘 관리한 피부와 머릿결, 바른 자세는 저도 바라는 바입니다. 그렇지만 인위적으로 나이를 거스르는 방법을 취하고 싶지는 않습니다.

제가 그리는 노년의 모습을 어디선가 많이 본 듯하네요. 어디서 봤는지는 비밀로 하겠습니다.

선택할 결심

경신　영국 극작가 윌리엄 셰익스피어는 희곡 《햄릿》에 이렇게 썼지요. "사느냐 죽느냐, 그것이 문제로다." 여러 선택지 앞에서 결정하기를 어려워하는 증세를 '햄릿증후군hamlet syndrome'이라 부르지요.

　오늘날 수많은 사람이 햄릿증후군을 겪고 있어요. 가령 점심 메뉴를 쉽게 결정하지 못하는 직장인이 많습니다. 어떤 식당에 갈지, 어느 학교에 진학할지, 이 남자를 계속 만나도 될지, 신혼집은 어디로 구하는 것이 좋을지, 아이를 낳아야 할지 등 선택이 필요한 순간마다 부모님과 친구에게 혹은 심지어 온라인 커뮤니티에 답을 구하는 사람들도 있습니다. 자기 의견을 정확히 말하지 못하고 "삼시만""글

쎄"아마도"라는 말을 먼저 꺼내며 머뭇거리는 사람들도 있습니다.

인생에서 중대한 결정이라면 당연히 신중해야 합니다. 그런데 사소한 일조차 쉽게 결정하지 못하는 경우가 많습니다. 그 이유가 무엇일까요? 스스로 선택한 결과에 실망하는 게 두려워 미리 피하려는 심리일까요? 저도 무언가를 선택할 때 망설이곤 합니다. 다가올 위험을 줄이고 싶고, 여유가 없어서 그렇기도 해요. 모두가 앞만 보고 달리니, 한 번 넘어지면 그것을 만회할 기회가 오지 않을 것이라는 불안이 늘 저를 따라다닙니다. 불안이 선택 앞에서 저를 주저하게 만듭니다.

논나　무언가를 선택할 때 신중한 태도와 머뭇거리는 태도는 다르지요. 현대인이 햄릿증후군에 시달린다는 기사를 읽은 적이 있는데, 경신 씨도 선택의 어려움을 겪는다니 몰랐던 사실이네요.

제가 보아온 경신 씨는 '완벽한 선택'을 추구하는 것 같아요. 그런데 과연 완벽한 선택이 있을까요? 지금의 완벽한 선택이 10년 뒤에도 완벽한 선택이라고 자신 있게 말할 수 있을까요? 우리는 그 '완벽한'이라는 단어가 주는 환상에서 벗어나야 합니다.

'완벽한'을 '충분히 좋은'이라는 말로 대체해보세요. 충분히 숙고하고 "이 정도면 됐어. 이 정도면 충분히 좋은 선택이야"라고요. 정보 과부하는 때로 결정을 더 어렵게 만듭니다. 우리는 생성형 인공지능이 아니잖아요? 정보를 처리 가능한 수준으로 수집하고 결정 속도를 높여보면 어떨까요? 오래도록 고민한다고 좋은 결론이 나오는 게 아니잖아요. 때로는 고민할 시간에 행동하는 게 좋지요.

완벽한 결정은 없어요. 잘못된 결정도 역경도 인생의 일부입니다. 비록 실패하더라도 다음에 만회할 기회가 있음을 믿어보세요. 다음 기회가 없었다면 세상의 모든 위인전은 나오지 못했을 거예요.

평정심은 마음을
풀밭으로 만들지요

2부

다스리기

목화솜 이불을 덮고

경신 '사십춘기'를 지독히 겪을 때였어요. 거뜬히 이겨
내던 일마저 시련으로 받아들였지요. 마흔 문턱에서 저만
제자리걸음을 하는 직장인으로 산다고 느껴 서러웠습니다.
또래 친구들은 자기 분야에서 성과를 내며 앞서가고 있는
데 나는 왜 이렇게 살까? 저를 궁지에 몰아넣고 자책하기
도 했습니다.

"힘들어요." 이 한마디를 하기가 어려웠습니다. 저는 제
아픔을 누군가와 나누는 데 익숙하지 않거든요. 고민이 바
위처럼 저를 짓눌러 잠을 설쳤습니다.

선생님은 제 안색을 보곤 "잠을 못 주무시는군요"라며
단박에 알아채셨지만, 별다른 말씀을 하시진 않았습니다.

저도 고민을 털어놓지 못했고요.

　얼마 후 제게 낯선 전화 한 통이 걸려왔습니다.

　"이경신 씨, 이불 배달 왔습니다."

　배송 의뢰자는 선생님이었습니다. 포장을 뜯어보니 정갈한 이불보로 꿰맨 목화솜 이불과 편지 한 통이 들어 있었습니다.

　편지엔 이런 글이 쓰여 있었지요.

　"살아보니 힘든 걸 혼자 짊어지면 병이 되더라고요. 언제든 들어줄 사람이 필요하면 저를 찾으세요. 포근포근한 목화솜 이불을 덮으면 잠이 잘 올 거예요. 아들 주려고 산 이불인데 경신 씨에게 보냅니다."

　눈시울이 붉어졌습니다.

　그날 밤 저는 그 이불을 덮고 마법에 걸린 것처럼 깊은 잠을 잤습니다. 목화솜 이불이 제 등을 오래 감싸 안는 느낌이었어요. 그날 저를 재워준 것은 목화솜 이불이 아니라 선생님의 다정한 마음이었어요.

논나　　보듬어주고 싶었습니다.

　그 이불 덕분에 달콤한 잠을 잤다니 작은 도움이라도 줄 수 있어 기쁩니다. 몇 년간 동고동락하며 정을 나눈 사이잖아요. 경신 씨가 말하지 않아도 그 고단함이 느껴져 곁에서 지켜보는 내내 마음이 짠했습니다.

젊을 때는 잠을 줄여가며 살았어요. 지금은 일정한 수면 시간을 확보하려고 합니다. 수면 부족은 노화의 지름길이잖아요. 깊은 잠이 부족하면 치매 위험도가 높아진다는 연구 결과도 있지요.

미국의 로널드 레이건 전 대통령과 영국의 마거릿 대처 전 총리는 말년에 치매로 고생하다 돌아가셨는데, 그분들은 모두 잠을 줄여가며 열심히 일하셨다고 하더라고요. 양질의 수면을 위해서는 마음의 짐을 내려놓을 방법을 찾아야 하는데, 그게 참 어렵지요?

제가 한창 일할 때 제일 힘들었던 점도 "저, 힘들어요"라고 토로할 곳이 없었다는 거예요. 사회생활을 하는 여성 선배가 많지 않았거든요. 혼자 길을 걷는 나그네처럼 갈 곳을 몰라 우왕좌왕하기 일쑤였지요. 여성의 사회생활을 반대하던 집안 어른들께 고충을 털어놓으면 "힘들면 당장 그만두라"라고 할 테니 함구했지요. 차 안에서 혼자 운 적도 많았답니다. 그 외로움은 겪어보지 않으면 모르지요.

여성의 사회 진출이 늘었지만 여성이 처한 여건은 여전하다는 생각이 듭니다. 부당한 요구도 무례한 편견도 완전히 사라지지 않았지요. 그래도 예전과 달리 사회생활을 하는 선후배가 많잖아요. 흉금을 털어놓을 수 있는 인생의 오

아시스 같은 존재 한두 명쯤 꼭 곁에 두기를 권합니다. 주저앉고 싶을 때 찾아가면 솜이불처럼 포근히 나를 감싸주는 존재, 특별히 설명하지 않아도 따스한 말을 건네주는 그런 존재가 필요해요. 주변 선배나 어른에게 다가가기를 어려워하지 말고, 그들에게 도움을 청해보길 바랍니다. 기꺼이 마음을 내어주는 이들이 있을 거예요.

작은 호의에도 크게 고마워하는 경신 씨의 마음이 제게는 목화솜 이불처럼 따뜻하게 느껴집니다.

나를 사랑하는 연습

논나 여러 번 고백했거니와 어릴 적에 외모 콤플렉스가 있었습니다. 주 양육자인 어머니는 고부갈등으로 고생했는데 때로 그 울분을 장녀인 제게 있는 그대로 표현했습니다. 당시엔 흔한 일이었지만 요즘 기준으로 말하면 언어폭력이라 할 만큼 외모도 많이 지적당했지요. 얼굴은 작고, 입은 크고, 깡마른 제가 볼품없다고요.

작은 얼굴을 아름답게 드러내는 옷은 무엇일까? 큰 입에 어울리는 표정은 무엇일까? 마른 몸을 매력 있게 느끼도록 하는 방법은 무엇일까? 어떻게 하면 예뻐질 수 있는지 밤낮없이 고민하다 보니 패션에 관심이 생기더군요. 제게는 외모 콤플렉스를 극복하겠다는 불타오르는 의지가 있었지요.

그런데 40대의 어느 날이었습니다. 문득 화장하지 않은 거울 속의 제 모습이 꽤 괜찮아 보였어요. 세수만 한 민낯으로 짧은 머리를 쓸어 넘기는 제 모습이 말이에요. 그때 이런 생각을 했어요. '아, 내가 나를 인정하는 법에 서툴렀구나. 다른 사람의 인정이 중요한 게 아니구나. 내가 나를 멋지다고 생각하는 게 가장 중요하구나.'

젊은이들에게 말해주고 싶어요. 자신을 들볶지 말고 자기 한계를 긍정할 때 자존감이 회복된다고. '이래야 해'라는 기준을 세우고 그 기준에 발목 잡히지 말라고. 있는 그대로의 자신을 받아들이는 편안함이 있어야 한다고. 나는 세상에 하나뿐이라고. 익히 들은 말일 수 있지만 정말 그렇다고.

경신 "거울 속의 제 모습이 꽤 괜찮아 보였다"라는 대목에서 소름이 돋았습니다. 선생님의 높은 자존감이 타고난 게 아니라 스스로 키운 것이라니! 자기 자신을 처량하고 하찮은 존재로 치부하는 사람들에게 힘이 되는 이야기예요. 그런데 나를 사랑하고 긍정하는 방법을 찾기란 매우 어렵지요.

저는 그 방법을 선생님에게 배웠어요. 바로 매 순간을 기억하는 것입니다. 선생님은 이런 말씀을 하셨지요. "아, 그건 제가 서른일곱 살 때 읽은 책이에요." "마흔다섯 살 때 두 달간 탱고를 배우러 다녔어요." "그 바느질은 중학교 때 가정 시간에 한 거예요."

처음 그런 말씀을 들었을 때는 큰 의미를 두지 않았습니다. 한데 시간이 지날수록 '어떻게 지난 일을 다 기억하시는 거지?' 궁금해지더라고요. 그래서 어느 날 제가 여쭤봤지요. 그걸 다 어떻게 기억하시냐고요. 그때 선생님이 이렇게 말씀하셨어요.

"내가 살아온 날을 나는 기억해줘야지. 나는 내 하루를 최대한 정성껏 산다고."

그 말씀을 듣는 순간 망치로 머리를 얻어맞은 듯했습니다. 오늘 내 하루는 어땠지? 작년엔 뭘 했더라? 그때 있었던 일들이 떠오르지 않더라고요. 저도 매 순간 열심히 살았거든요. 그런데 왜 저는 제가 살아온 시간을 기억해주지 않았을까요?

선생님의 말씀을 듣고 제가 메모장에 쓴 문장이 있어요.

"내가 내 삶을 극진히 대우해야겠구나. 내가 나에게 예의를 갖춘 시간이 모여 내 가치가 소중해지고 빛나는 것이구나."

감정 사전

경신   "How are you?" 이 인사말을 직역하면 "당신은 어떠십니까" 정도가 되겠지요. 학창 시절 "How are you?"라고 물으면 으레 "I'm fine. Thank you. And you?"라고 대답했습니다.

어느 날 저 자신에게 "How are you?"라고 물었는데 대답하지 못하겠더군요. 그날 제 기분은 '좋다' '그냥 그렇다' '나쁘다' 중 하나가 아니었거든요. 복잡미묘한 기분을 설명할 마땅한 표현이 떠오르지 않았습니다. 지금껏 내 기분을 '좋다' '나쁘다'로 뭉뚱그렸다는 생각이 들었어요. 돌이켜보니 제 표정이 어두울 때, 남자친구가 "기분이 안 좋아?"라고 물어보면, 제 대답은 "응. 기분 나빠"가 전부였네요.

부정적 감정은 원인과 맥락에 따라 슬픔, 분노, 실망, 두려움, 불안, 좌절, 질투, 불쾌, 우울, 공포, 긴장, 소외감, 무력감, 자괴감 등 다양하지요. 긍정적 감정도 기쁨, 행복, 사랑, 만족, 희망, 감사, 안도, 평화, 자신감, 애정, 존경, 자부심, 열정, 충만감, 안정 등 다채롭습니다.

내 감정조차 내가 잘 표현할 수 없으면서 타인의 감정을 어떻게 이해하겠어요. 앞으로는 제 감정에 세심한 이름표를 붙여줘야겠어요.

논나 저는 50~60대를 사회복지기관에서 봉사를 하며 보냈어요. 우연한 기회에 인연을 맺은 수도회가 운영하는 작은 그룹홈을 후원하기 시작했지요. 일주일 중 하루는 그곳에서 온전히 시간을 보냅니다.

출산 4개월 만에 엄마가 떠나면서 비혼부가 맡긴 아기, 나쁜 남자에게 속아 임신한 비혼모가 데려온 아기, 탈북자 커플이 우리나라에 적응하지 못해 헤어지며 맡긴 아기 등 저마다의 상처가 있는 아이를 돌보는 수녀님들을 돕는 게 제 역할입니다.

각자 원초적 상처를 안고 있기에, 싸움이 붙으면 무섭게 공격하는 꼬맹이들을 돌보는 일은 쉽지 않아요. 버려진 서러움이 무의식에 자리해, 울음보가 터지면 탈진할 때까지

우는 꼬맹이들을 감당하는 일은 힘들더라고요. 제 육아 상식이 통하지 않을 때도 있었습니다.

꼬맹이들의 마음을 어떻게 치유할 수 있을까? 고심 끝에 심리학 공부를 시작했습니다. 꼬맹이들과 가슴으로 만나는 합당한 방법을 찾기 위해서요. 그렇게 시작한 심리학 공부는 오히려 저를 위한 인생 공부가 되었습니다.

심리학 공부를 하던 어느 날 감정에 관한 형용사를 아는 대로 써보다가 제 옹색한 언어 지식에 깜짝 놀랐습니다. 내 감정을 표현하는 단어가 이렇게 적다니! 그 후 내 몸이 어떤 상태이고 내 마음이 어떤지 표현하는 언어를 늘려가는 연습을 부단히 했습니다.

철학자 루트비히 비트겐슈타인은 "내 언어의 한계가 내 세상의 한계다"라고 말했지요. 오늘은 내 마음에 노크하고 들어가 내 마음이 무슨 빛깔인지, 어떤 몸짓을 하고 있는지 언어로 표현해봐야겠어요.

이 꽉 물고 살지 마세요

경신   얼마 전 어금니에 금이 가 치과에 갔거든요. 치료를 받고 병원을 나서는데 의사 선생님이 "스트레스가 많으신가 봐요"라고 하더군요. 무슨 뜻인가 싶어 바라보니 빙긋 웃으며 이렇게 말했습니다.

"이를 너무 꽉 깨물어 금이 갔잖아요. 잇몸도 내려가 있고요. 아휴, 이를 너무 악물고 열심히 살지 마세요."

의사 선생님에게 제 속마음을 들킨 것 같았어요. 괜찮은 척했지만 일로 힘들었거든요. 마흔 넘어 스트레스를 드러내면 자기 관리를 못 하는 사람으로 치부될까 싶어 외면하고 있었는데요. 제 몸은 스트레스로 무너지고 있었어요.

삶의 질은 스트레스를 어떻게 관리하느냐에 따라 높아

지거나 낮아지잖아요. 건강심리학자 켈리 맥고니걸은 TED 강연에서 스트레스를 친구로 만들라고 말했지요. "스트레스를 삶의 동력으로 바꿀 능력이 자기 자신에게 있다고 믿으면" 스트레스가 독이 아닌 약이 될 수 있다고요.

그래서 제게 건강한 스트레스를 주입해보기로 했습니다. 운동을 시작한 건데요. 몸을 힘들게 움직이다 보면 복잡한 생각이 점점 사라지더군요. 땀을 쭉 빼면 몸과 마음의 노폐물이 밖으로 빠져나가는 듯 시원한 느낌이 들기도 하고요.

논나　제가 자주 만나는 꼬마 천사의 생일이었어요. 수녀님과 함께 꼬맹이가 갖고 싶다는 장난감을 고르러 완구점에 들렀습니다. 신난 일곱 살 꼬맹이의 조그만 입에서 뜻밖의 말이 튀어나왔습니다.

"뭘 골라야 하지? 아, 스트레스!"

'그래, 여러 가지 중에서 하나만 선택하려니 일곱 살 인생 최대 고민이겠구나.' 절로 웃음이 나왔습니다.

누구에게나 스트레스가 있지요. 극심한 스트레스를 받으면 극도의 공포감과 불안증이 반복적으로 일어납니다. 심장 박동이 빨라지고 호흡이 가빠지며 죽을 것 같은 두려움을 느끼는 공황장애를 겪기도 합니다. 스스로 짊어질 수 없을 만큼 큰 짐을 지면 마음에 병이 생겨요.

스트레스 관리는 제 관심사 중 하나입니다. 〈밀라논나〉 촬영 전날 잠을 못 잔 적도 많아요. 심리학 책도 읽고 전문가에게도 물어봤는데, 공통적으로 제게 이런 조언을 하더군요.

"긴장을 푸는 나만의 루틴을 만드세요."

이왕이면 오늘 하루를 하기 싫은 것보다 좋아하는 것으로 채우는 것이 좋겠지요. 저는 자연 친화적 시간을 보내는 걸 저만의 루틴으로 만들었어요. 어떤 일이 저를 긴장하게 만들면 '물멍' '소리멍' '하늘멍' '햇살멍'을 때립니다. 가만히 한군데에 집중하다 보면 교감신경이 진정되는 듯해요. 스트레스를 받은 후 관리하는 방법도 있지만 사전에 자극을 받아들일 여유 공간을 만들어보면 어떨까요?

저는 아침에 일어나 30분, 자기 전에 30분 스트레칭도 합니다. 몸의 힘을 빼고 내 몸과 대화하는 거예요. 내 몸에 이야기해주세요. "오늘 하루 잘 부탁해." "바쁜 하루였지? 늦은 시간까지 고생 많았다." 한결 부드러워진 몸과 마음을 느낄 수 있을 거예요.

불안이란 알람이 울릴 때

경신   스위스로 〈밀라논나〉를 촬영하러 갔을 때였어요. 해외 촬영이 흔치 않다 보니 실수 없이 해야 한다는 강박감이 저를 지배했습니다. 일정과 동선을 셀 수 없이 확인하고 머릿속으로 수십 번 시뮬레이션을 돌려봤어요. 평면 지도로 위치를 파악한 뒤 위성 지도로 현지 골목 풍경까지 살펴봤지요.

그런데 현장에 도착하니 일기예보에 없던 눈 폭풍이 휘몰아쳤어요. 기차역에서 내렸는데 한 발짝도 걸을 수 없을 만큼 눈이 쌓였지요. 지금 떠올려보면 기가 막힌 절경이었는데 그때는 역경으로 받아들였지요. '버스를 타러 가야 하는데 큰일 났다'라는 걱정밖에 없었어요. 예상에서 벗어나니 조급해지더라고요.

제가 안절부절못하자 숙연 피디가 슬며시 제 손을 잡아 주더라고요. "팀장님, 괜찮아요. 여긴 스위스잖아요. 곧 제설을 해줄 거예요. 그때 움직여요"라고 다독여줬지요. 부끄러웠습니다. 저는 해외 촬영을 준비하며 짐짓 느긋한 숙연 피디가 걱정스러웠거든요. 제가 더 준비해서 챙겨줘야겠다고 생각했어요. 돌이켜보니 숙연 피디는 출장 내내 상황에 맞춰 유연하게 대응하며 일을 처리했고 제가 오히려 숙연 피디의 도움을 받았어요.

숙연 피디를 보며 깨달았습니다. 과한 걱정으로 해결할 수 있는 건 아무것도 없다는 것을요. 적당한 불안은 삶에 적절한 긴장감을 주지만 과도한 불안은 삶의 자신감을 앗아간다는 것을요. 상상은 상상에 불과하다는 것도요. 세상에 예측할 수 없는 일이 얼마나 많겠어요.

미국 칼럼니스트 에마 봄베크는 "걱정은 흔들의자와 같다. 당신을 계속 움직이게 하지만 아무 데도 데려가주지 않는다"라고 말했지요. 불안이 엄습해올 적에 이 말을 떠올리는데, 좀처럼 걱정이 흔들의자에서 내려오지 않습니다.

논나 종교 서적에서 읽은 "인간은 피조물이기에 불안할 수밖에 없다"라는 문장이 떠오릅니다. 인간은 이 세상에 왜 왔는지, 어디에서 왔는지, 어디를 향해 가는지 모르는 존재라서 불안을 느낀다는 것이지요. 그래서 인류사에 여러 종류의 종교가 등장했잖아요. 특히 죽음 앞에서 가장 불안을 느끼기에 기독교는 천국과 지옥을 말하고 불교는 윤회를 이야기하지요.

제 말이 다소 무겁게 흘러가고 있네요. 무거움에 짓눌리면 종잡을 수 없을 테니 가능한 한 담담히 불안을 다스리는 저만의 비법을 이야기해볼까요? 저는 자주 만나는 꼬맹이들에게 즐거운 추억을 만들어주고 싶은 마음에 아동심리학을 공부하고 있습니다. 귀동냥으로 배우다가 일곱 살까지의 유년기 경험이 평생을 좌우한다는 이론을 접했어요. 전문가에 따르면 높은 불안지수는 유년기 경험과 관계가 있다고 하더군요.

사실 저도 불안지수가 무척 높은 편에 속하는 유형입니다. 제 성장 과정을 되돌아보면 어머니에게 유난히 보챘던 기억이 납니다. 하지만 대가족의 맏며느리인 어머니의 관심이 저에게까지 닿기는 어려웠지요.

제게 불안지수의 정체를 알려준 전문가에게 불안한 느낌을 잠재우는 비법도 배웠습니다. 자기 내면아이의 불안을 끊임없이 알아주고 달래주는 것이 그 비법입니다.

비법을 알았으니 즉시 실행해야겠지요. 어느 순간 갑자

기 혼자인 듯 불안해질 때, 어떤 일이 발생할지 몰라 불안 감이 엄습할 때 저는 저를 살살 달래줍니다. 괜찮다고, 뭐든 혼자서도 잘 해낼 수 있다고. 때론 마치 착한 아기라도 어르듯, 어른들이 안아주듯 저를 제가 양팔로 감싸 안기도 합니다. 이제는 아무도 너를 혼자 외롭게 두지 않을 테니 불안해하지 말라고 다독이면서요.

그걸로도 달래지지 않을 때는 가만히 스스로에게 반문합니다. 제 불안의 근원이 무엇인지 생각해보는 것이지요. 타인과 비교해서인지, 미래가 불확실해서인지, 마음을 따라가보는 겁니다. 가만히 따라가다 보면 제가 실체 없는 불안에 시달리고 있다는 것을 스스로 깨닫게 되더라고요.

이런 자가 위로법 외에도 불안을 다스리는 방법은 또 있습니다. 바로 종교입니다. 저는 종교 덕분에 기도와 명상하는 법을 배웠습니다. 조용히 눈을 감고 기도하며 호흡을 가다듬는 게 제가 불안을 잠재우는 방법입니다.

종교가 없을지라도 아침에 잠에서 깬 뒤 곧바로 이불 밖으로 나가지 말고 따뜻한 이불 속에서 자신의 손, 발, 등 그리고 호흡을 느끼며 스스로와 이야기해보세요. 이런 명상 시간을 보내면 뇌 속의 가장 깊은 곳에 있는 편도체 부분이 활성화하면서 불안지수가 낮아진다고 합니다. 정말 효과가 확실한 비법입니다. 한번 해보겠어요?

나만 빼고 다 행복해 보인다는 말

경신　"사촌이 땅을 사면 배가 아프다"라는 속담이 있지요. 요즘 사람들은 소셜미디어에서 수백 명의 유사 사촌이 땅 사는 것을 실시간으로 목격합니다. 그래서인지 많은 사람이 상대적 박탈감을 호소합니다. 2017년 페이스북 측은 "페이스북을 수동적으로 사용하면 정신건강에 해로울 수 있다"라는 연구 결과를 발표한 바 있습니다.

실제로 잃은 것은 없지만 타인이 자신보다 많은 것을 가지고 있을 때, 상대적으로 무언가를 잃은 듯한 기분을 느끼지요. 타인의 삶을 관찰하고 비교하며 우울감을 호소하거나 남에게 뒤지지 않으려고 비교 소비를 하기도 하고요.

인스타그램에 들어가면 고가의 가방을 곁에 두고 커피

마시는 사진, 근사한 해외 호텔에서 수영하는 사진, 값비싼 외제 차 앞에 선 사진을 흔하게 볼 수 있습니다. 프러포즈를 받으며 눈물을 흘리는 영상이나 영재 자녀가 영어를 유창하게 하는 영상도 종종 접합니다.

소셜미디어의 본질은 연결입니다. 나와 너 그리고 세상을 연결해 더 넓게 이해하고 더 가까워질 수 있다는 장점이 있지요. 그런데 어느 순간 서로 얼마만큼 잘났는지 경쟁하듯 소셜미디어를 사용하면서 피로감이 커졌습니다. 콘텐츠 만드는 일을 업으로 삼는 사람으로서 제가 끼칠 영향력을 고민해봅니다.

논나   얼마 전 소셜미디어와 우울증을 다룬 뉴스를 접하고 뜨끔했습니다. 저도 유튜브로 세간에 알려졌고 인스타그램 계정을 보유하고 있으니까요. 제 사생활을 노출해 타인과 공유도 하지요. 팔로워가 늘어나면 기분이 좋아지고 응원 댓글이 달리면 웃음이 나지요.

텔레비전 보기를 즐기지 않는 제가 멍하니 스마트폰을 들여다볼 거라고는 생각지도 못했어요. 유튜브를 시작하니 구독자들의 댓글을 보는 재미가 있더군요. 제가 보는 영상을 분석해 맞춤 영상을 추천해주는 알고리즘에 맛을 들이니 스마트폰을 손에서 뗄 수가 없더라고요. 눈에도, 뇌에도, 손목에도 좋지 않다는 것을 알면서요.

유익한 콘텐츠를 보면 얻는 게 있지만, 자극적 콘텐츠를 보면 공허하고 쓸쓸합니다. 내 삶이 우울해질 정도로 타인의 삶이 담긴 영상을 들여다보는 건 중독의 종착역이 아닐까 싶네요. 타인과 비교하며 자신을 초라하게 느끼는 것은 일종의 자기 학대잖아요. 다만 저는 소셜미디어를 능동적으로 사용했기에 수동적으로 받아들인 사람들보다 고립감이나 배제감을 덜 느끼는 것 같아요.

독일 철학자 아르투어 쇼펜하우어는 "인간은 혼자 있을 때에야 비로소 진정한 자신이 될 수 있다"라고 말했지요. 타인의 관심을 끝없이 구하는 사람들에게 전하는 메시지가 아닐까요. 그런데 이런 이야기를 하다 보니 제가 이 상황을 논할 자격이 있는지 면구스럽네요.

도전할 용기

경신　아침부터 급히 처리할 일이 있어서 평소보다 한 시간 일찍 출근한 어느 날이었습니다. 회사에 가보니 후배 이향이가 벌써 출근해 무언가를 열심히 들여다보고 있었습니다. 사람이 오는 줄도 모르고 꽤나 집중한 뒷모습이라 저도 조용히 자리에 앉아 업무를 시작했습니다.

그날 점심 식사를 하며 저는 이향이에게 무슨 일로 그리 일찍 출근했는지 물어봤습니다. 그녀의 대답은 놀라웠습니다.

"마케팅 업무를 맡고 보니 조사방법론을 더 공부해보고 싶어서요. 아침마다 온라인 강의를 듣고 있어요. 자격증에 도전하려고요."

우선 자기 발전을 위해 공부를 시작했다는 것에 한 번

놀랐고, 매일 아침 평소보다 두 시간 일찍 일어나 준비한다는 것에 두 번 놀랐습니다.

이향이에게 어떻게 새벽에 일어나 공부하는 것이 가능하냐고 물었더니 돌아온 대답은 간단했습니다. "일단 저질렀어요." 오래 생각하면 공부를 시작하기 어려울 것 같아 '일단 온라인 강의를 신청하고 다음 날 책상에 앉기만 하자'라는 마음으로 일찍 출근했다고 합니다. 저녁에는 사람들과의 식사 약속으로 하루 이틀 거를 수 있어 핑계 대기 어려운 아침으로 시간을 정했다는 단호함에 속으로 얼마나 감탄을 했던지요.

저도 마음속에 수많은 목표가 있지만 그걸 시작하는 것이 참 힘들거든요. 무언가를 새로 시작하려 하면 미룰 이유가 어찌나 많이 생기는지 모릅니다. 어디선가 시작이 어려운 이유가 인간의 항상성 때문이라는 글을 읽은 적이 있습니다. 항상성이란 환경을 일정하게 유지하려는 성질을 말하지요. 멈춰 있으면 멈춰 있는 그 상태를 계속 유지하고 싶은 게 인간의 본능이랍니다.

이향이를 보니 무언가 시작한 상태도 계속 유지하려 하는 항상성을 지닐까 하는 궁금증이 생겼습니다. 그 정답 역시 이향이가 알려줬습니다. 그렇게 몇 달간 공부한 그녀는 결국 자격증을 땄거든요. 그리고 곧바로 새벽 운동을 시작했습니다. 작은 걸음이라도 첫발을 떼어 도전하는 용기가 바로 답인가봐요.

논나　그 친구의 결단에 찬사의 박수를 보냅니다. 저는 무엇보다 일찍 일어나는 게 힘든 체질인지라 새벽 강의를 듣는 그 결심과 용기가 부러울 뿐입니다. '역시 젊음은 대단히 아름다운 것이구나!'라는 찬탄이 절로 나옵니다. 덕분에 잠깐이나마 제 젊은 날로 시간 여행을 하며 저는 그 나이 때 어떤 용기로 무엇을 결행했는지 반추해보았습니다.

어릴 적 제가 제일 많이 들은 지청구는 "계집애가 아귀 악착이라 악지가 세서 한 번 마음먹으면 꼭 하고야 만다"였습니다. 저는 항상 저보다 세 살 많은 오빠가 먼저인 세상을 향해 작은 주먹을 쥐고 입을 오므리며 "나중에 내가 하고 싶은 게 생기면 뭐든 다 해볼 거야"라고 다짐했습니다.

그 당시 아무나 가지 못하던 유치원에 다니는 오빠를 보며 나도 오빠 나이가 되면 유치원에 보내주겠거니 기다렸습니다. 그러나 제가 유치원에 갈 시기에 아버지가 빚보증을 잘못 서 가세가 기울었어요. 그래서 저는 유치원에 가지 못했고요. 가장 친한 옆집 친구가 유치원에 다니는 것을 부러운 시선으로 바라볼 수밖에 없었습니다. 몰래 유치원 가는 길을 혼자 쫄래쫄래 걸어가 창문 밖에서 들여다보곤 했던 기억도 있네요.

그렇게 들여다본 유치원은 밝은 색깔의 의자들이 옹기종기 모여 있는 작은 요술궁전 같은 곳이었습니다. 예쁜 선생님을 따라 율동하는 친구를 보며 부러움에 그 작은 가슴이 얼마나 아팠을까요? 저는 지금도 유아용 의자만 보면 까닭 모를 아련한 그리움이 올라옵니다. 그럴 때마다 성장 과정의 결핍이 평생 무의식에 함께하며 행동을 지배한다는 이론에 공감합니다.

어린 시절 제 결핍이 자양분이 된 걸까요? 살면서 유독 배움에는 이를 악물고 도전하는 저를 발견하곤 합니다. 결혼 후 주위의 만류를 뿌리치고 간 유학도, 둘째 아들을 출산하고 간 2차 유학도, 둘째 아들이 대학에 입학한 후 다시 이탈리아행을 선택한 것도 대여섯 살 적의 결핍과 결심이 도전의 원동력이었음을 이제야 깨닫고 있습니다.

제가 지금껏 살며 도전한 모든 것에서 결실을 거뒀는지는 잘 모르겠습니다. 그러나 제게 주어진 이 삶에서 도전을 주저하지 않았다고 당당히 말할 수는 있습니다. 내가 하는 도전이 나를 어디로 데려갈지는 해보기 전까지 아무도 모르는 것 아니겠어요?

일흔이 넘은 지금도 제 남은 인생에서 또 어떤 도전을 마주할지 설렙니다.

자기 연민의 덫

경신　　“이런 제가 너무 불쌍해요”라는 말을 입에 달고 사는 후배가 있었어요. 그 후배는 시험을 망쳤을 때도, 친구와 싸웠을 때도, 후배가 좋은 직장에 취직했을 때도 본인의 처지가 너무 불쌍하다며 하소연했지요.

처음 그 후배의 이야기를 들었을 땐 안쓰러웠어요. 이해가 가지 않는 면도 있었지만 이해해보려 했지요. 사람마다 좌절 포인트가 다르잖아요. 하지만 몇 년이 흘러도 후배는 한결같았어요. 불평만 늘어놓더라고요.

나중에야 후배가 실패나 불행에 지나치게 슬퍼하고, 자신을 심히 불쌍하게 여기는 '자기 연민'에 빠졌음을 알았습니다. 후배가 행복한 쪽으로 가지 못하도록 발목을 붙잡고 있는 덫은 외부 상황이 아니었어요.

얼굴에 '나는 사랑받을 수 없는 존재야'라고 써 붙이고 다니는 후배에게 어떤 위로를 건네야 할까요?

논나 "남의 불행은 가벼운 이슬, 내 불행은 큰비"라는 말이 있지요. 사람은 본디 자기 고통을 크게 느끼기 마련입니다. 자기 자신을 보호하기 위한 방어 기제겠지요. 그러나 이것도 지나치면 문제가 되지요.

자기 연민에 빠진 사람은 자신의 문제를 과대평가하고, 자기 능력은 과소평가하는 경향이 있어요. 작은 문제를 크게 만들어 스스로 그걸 해결할 수 없다고 생각하니 어떤 문제도 해결할 수 없지요. 그리고 문제를 해결하지 못하면 또다시 좌절하며 자기 연민의 굴레에 빠집니다. 자칫하면 자기를 위험에 빠뜨릴 수도 있습니다.

자기 연민은 자존감 부족에서 기인하는 경우가 많아요. 사람은 만 두 살부터 밥 먹고 옷 입는 것처럼 간단한 미션을 수행하며 자기 능력을 신뢰하기 시작해 초등학생 때쯤 안정된 자존감을 형성한다고 합니다.

여러 번 고백했듯 어린 시절 저는 어머니한테 꾸중을 많이 듣고 자라 자존감이 부족했어요. 어릴 때 안정적으로 자존감을 형성하는 것이 이상적이지만 그렇지 않을지라도 방법은 있습니다.

내 안의 어린 나에게 말을 걸어주는 것입니다. 나 자신을 자주 칭찬하고 내 강점과 성취를 떠올려보세요. "내겐 이 정도 문제는 해결할 힘이 있어." "난 마음먹으면 끝까지 해내는 끈기가 있는 사람이야." 어려서부터 칭찬을 받는 환경에서 자랐다면 좋겠지만 그렇지 않다면 스스로 칭찬해야 합니다. 양육자가 해주지 않았으니 내가 나의 양육자가 되어 자존감을 키워야지요. 긍정의 힘은 강하잖아요.

내 상황과 처지에 맞는 건강한 루틴을 만드는 것도 중요합니다. 나의 구원자는 나 자신입니다. 규칙적으로 운동하고, 충분히 자고, 균형 잡힌 식사를 하는 것은 정신과 육체 건강을 유지하는 데 도움을 줍니다. 기초 체력이 있어야 스트레스를 관리하고 문제가 발생했을 때 그것을 마주할 에너지를 낼 수 있습니다.

시절인연

경신 시절인연時節因緣이라는 불교 용어가 있지요. 불교에서는 모든 인연에 다 때가 있다고 봅니다. 사람의 관계도 잘 풀리다가 어느 순간부터 자꾸만 엇나가면 그때를 인연이 다한 시기로 여긴다고 합니다.

시절인연이라는 이야기를 하니 떠오르는 친구 한 명이 있습니다. 저와 학창 시절을 함께 보낸 친구지요. 그 시절에 찍은 사진을 보면, 제가 거의 언제나 그 친구 옆에서 웃고 울었다고 해도 과언이 아닙니다.

어찌나 사이가 좋았던지 대학에 다닐 때는 친구와 함께 자취하기 위해 90분이 넘는 통학도 마다하지 않을 정도였습니다. 대학 졸업 후 대구에 취직한 친구도 매주 금요일 저녁 퇴근하자마자 저를 만나러 서울로 달려왔고요. 그 친구의 무엇이 그리 좋았냐고 하면 한 가지로 꼽기가 어려워요. 그때 제게는 그 친구와 보낸 모든 시간이 즐거움이자 위안이고 평화였습니다.

그런 친구를 이렇게 과거형으로 표현하게 된 이유는 사실 정확히 기억나지 않습니다. 함께 지내며 쌓인 서운함이야 얼마간 있었겠지만 10년 넘도록 한 번도 다투지 않은 우리였는데, 어느 날 기억도 나지 않는 사소한 문제로 다퉜습니다. 그때 서로를 찌르는 말을 했지요.

차라리 예방주사를 맞듯 다퉈본 적이 있었다면 그날의 다툼이 큰 상처를 주지는 않았을지도 모르겠습니다. 우리는 그날을 끝내 봉합하지 못한 채 멀어지고 말았습니다.

몇 년 뒤 제 생일에 전화가 한 통이 왔습니다. 그 친구였습니다. 제가 전화를 받자마자 친구는 울먹이며 "오늘 첫아이를 낳았어. 네 생일이잖아. 생각이 나서 전화했어"라고 말했습니다. 안타깝게도 그때 저는 좁은 마음에 바로 달려가 친구의 손을 잡아주지 못했습니다. 그저 축하한다는 편지와 아기 선물을 보내준 것이 끝이었습니다.

그 친구와의 인연이 그리 끝난 것은 제게도 큰 상처였습니다. 10년 넘도록 추억이 떠올라도 고개를 저으며 생각하지 않고 덮어두려 노력했습니다. 시간이 약이라더니 이제는 억지로 기억을 덮으려 하지는 않습니다. 상처가 많이 아물었다는 뜻일까요. 간혹 그 친구의 소식이 궁금하기도 합니다. 기회가 닿는다면 덕분에 어린 날이 행복했다고, 고마웠다고 말해주고 싶어요.

논나　아무런 악의 없이 순수하게 진심으로 대하던 상대와 관계가 소원해지는 경우가 더러 있습니다. 사소한 오해나 가벼운 서운함, 아니면 단지 타이밍이 어긋나 멀어지는 상황을 저는 '인연의 유효기간'이 끝났다고 표현한 바 있는데 불교 용어로는 '시절인연'이라 부르는군요.

그렇듯 애틋했던 친구와 사소한 문제로 다투고 감정이 상해 소원해졌다니 안타깝네요. 더구나 제가 몇 년 동안 함께 시간을 보낸 경신 씨는 속정 깊은 사람이라 더욱 의외이면서 안쓰러운 마음입니다.

경신 씨와 경우는 다르지만 저도 마음 깊이 좋아하고 신뢰하며 함께 학창 시절을 보낸 친구를 잃은 경험이 있어 깊이 공감합니다. 그 상실감, 허전함, 배신감은 이루 말로 다할 수가 없지요. 헤어진 초창기에는 그 친구만 생각하면 섭섭했어요. 한편 저를 향한 자기혐오가 뒤따라 양가감정에 무척 견디기 힘들었습니다.

세월이 약이라지만 상처가 깊으니 그 상처가 아물기까

지 무수한 세월이 필요했지요. 가끔 사무치게 그리울 때는 내가 먼저 연락해서 관계 복원을 시도해볼까 고민도 여러 번 했습니다. 특히 그런 생각을 한 날은 어김없이 그 친구 꿈을 꾸었지요. 꿈속에서 기쁘게 해후하고 깨어나면 그 허탈함의 정도가 더 심했어요.

오랜 고민 끝에 제가 내린 결론은 로마 시대 격언처럼 "한 번 어긋난 인연에 연연하지 말자"라는 것입니다.

저는 시간의 흐름에 따라 하루하루 살아가는 우리네 삶을 '시간의 기차 여행'으로 여기곤 합니다. 1980년대 초 큰 아들이 좋아했던 〈은하철도 999〉라는 만화영화가 있습니다. 행성들 사이의 우주 공간을 떠다니는 기차가 역에서 머무를 때 벌어지는 이야기로 구성되어 있지요. 아들을 품에 안고 그 영화를 보며 우리 삶도 시간이라는 터널을 뚫고 매 순간 달려가는 기차 여행이 아닐까 상상했습니다.

주변을 둘러보면 누군가는 급행열차처럼 허겁지겁 승객이 많이 타고 내리는 역만 골라서 정차하는 삶을 삽니다. 또 누군가는 완행열차처럼 나타나는 모든 간이역에 정차해 승객을 내려주고 태운 다음 유유히 다음 역을 향해 미끄러져 가는 완만한 리듬으로 살지요. 우리 각자에게는 자기 삶의 열차가 있습니다. 어떤 속도로, 어느 인연을 중시하며 살아갈지는 본인의 선택이겠지요.

내 삶의 열차에 탑승했다가 인연이 다해 하차한 인연은 그들의 삶을 향해 가게 내버려두고, 나와 여행을 떠나려고 승차한 새로운 사람에게 최선을 다하자는 다짐을 합니다. 이런 결론에 도달하니 마음이 한결 홀가분해지고 다시는 친구와 만나는 허탈한 꿈도 꾸지 않게 되었답니다.

월요병 없는 월요일

경신   고등학생 때 〈개그콘서트〉를 챙겨봤어요. 〈개그콘서트〉가 끝날 무렵 밴드가 연주하는 '딴딴따―' 하는 음악이 흘러나오면 전국의 직장인들이 일요일이 끝났다는 생각에 한숨을 쉬었습니다. 당시 직장인들이 왜 그리 한숨을 쉬었는지 이제 공감이 갑니다.

사회 초년생 시절 제가 선배에게 '월요병' 이야기를 하자 선배는 "일요일 밤이 우울하다고? 나중엔 토요일 밤부터 불안해지는 날이 올 거야"라고 예언을 했습니다. 그 선배의 말은 현실이 되었습니다. 토요일 밤까지는 아니지만 일요일 아침이면 다음 날 출근할 생각에 기분이 푹 가라앉았으니까요.

월요병의 정체는 무엇일까요? 제게 주말은 평일에 하지 못한 일을 하는 시간입니다. 평일엔 퇴근하면 지쳐서 아무 것도 할 수 없으니 주말에 열심히 놀아야 하잖아요. 소문난 맛집에 가고, 친구도 만나고, 여행도 가야 해요. 주말 시간을 쪼개 쓰다 보면 이틀이 훌쩍 가버립니다. 그렇게 주말을 보내고 나면 피곤이 풀리는 게 아니라 더 쌓여요. 외출하지 않고 집에서 온종일 영화나 책을 보고 늦잠을 자도 피곤이 사라지지 않는 건 매한가지입니다.

회사에 가기 싫은 게 아니냐 할지도 모르지만 그건 아닙니다. 유독 월요일이 힘들게 느껴질 뿐입니다. 평일에 하지 못한 것을 주말에 몰아서 다 하겠다는 보상 심리 때문일까요? 평일에 소소한 행복을 채우면 월요병에 시달리지 않을 수 있을까요?

논나　월요병이란 단어를 듣는 순간 가슴이 답답해지니, 월요병이란 단어의 위력은 대단하네요. 직장 생활을 오래 하면 토요일 밤부터 불안해진다는 경신 씨 선배의 말이 조금은 야속하네요. 저라면 주말을 기다리느라 목요일부터 즐겁다는 말을 해줬을 텐데요.

저도 월요병을 겪어가며 사회생활을 했어요. 제 젊은 시절을 달리 표현하면 '고된 시절'이라 할 수 있어요. 주말에

밀린 일주일 치 집안일을 하고 나면 에너지가 고갈됐어요. 휴식은 꿈속에서나 가능했고요. 돌이켜보니 월요병의 정체조차 파악하지 못하고 일했던 제가 안쓰럽습니다.

제 주변에 유쾌한 여성이 있는데 그녀는 예쁜 구두 모으기를 즐겨요. 어느 날 쌓여가는 구두를 보고 어머니가 "방을 빼든지 구두 상자를 빼라"라고 최후통첩을 하셨답니다. 그녀는 어머니에게 이렇게 말했대요.

"어머니, 멋지게 차려입어야 지옥 같은 월요일 아침에 출근해도 신이 나요. 또 그래야 돈을 벌 수 있다고요."

자기만의 방식으로 월요병을 극복하는 그녀의 지혜에 깊이 감탄했습니다.

요즘 젊은이들에게는 '부캐(부캐릭터)'가 있다 하더군요. '멀티 페르소나'가 많으면 자기가 누구인지 혼란을 겪을 수도 있지만, 잘 활용하면 자신의 다양한 면을 즐길 수 있지요. 자신을 지탱하는 기본 자아 외에 직장에서의 자아, 집에서의 자아, 모임에서의 자아 등은 같지만 다를 수도 있어요. 팔색조가 된 듯 때에 따라 자신을 변환하며 사는 모습은 현명해 보입니다. 동물 세계에서 팔색조는 멸종위기종이지만, 인간 세계에서 팔방미인은 멸종하지 않기를 바라며.

적당히 만족하는 삶

경신　설날이었어요. 네 살짜리 조카가 두 손 모아 세배하는 흉내를 냈지요. 아버지는 손녀딸이 귀여웠는지 함박웃음을 지으며 세뱃돈으로 만 원을 건네셨습니다. 그런데 조카가 받지 않고 머뭇거리더군요. "할아버지가 주시는 거니 '감사합니다' 하고 받으면 돼"라고 말했는데 딴청을 피우더라고요. 그러면서 제 귀에 대고 나직이 속삭였습니다.

"고모, 나 저거 집에도 있거든?"

만 원짜리 지폐가 집에 있어서 더 받을 필요가 없다는 뜻이었습니다. 어린이의 순수하고 귀여운 생각에 입꼬리가 올라가더군요. 어린이가 행복한 이유는 '만족할 줄 알아서' 겠지요. 과자 한 봉지나 사탕 한 개를 손에만 쥐어도 행복한 표정을 지으니까요.

우리는 돈이 얼마쯤 있어야 만족할까요? 100억 자산가는 행복할까요? 1천억이 있으면 이제 됐다 싶을까요? 절대적으로 큰 금액이 아니라 주관적으로 만족하는 금액이 행복의 척도라는 생각이 듭니다.

작은 원룸에 살아도 얼마든지 행복할 수 있고, 집 없이 떠돌며 살아도 행복해하는 사람들도 있습니다. 의식주 해결에는 최소한의 경제력이 필요하지만 그렇다고 최대한의 경제력을 갖춰야 만족을 얻는 것은 아니겠지요. 경제적 가치가 높은 집, 배기량이 큰 차, 값비싼 명품을 소유한다고 삶이 무한정 행복해지지는 않잖아요.

"행복하세요?"라는 질문에 "행복합니다"라고 말하는 우리나라 국민이 얼마나 될까요? 우리는 결국 행복하려고 사는데, 왜 행복하지 않을까요?

논나 만족滿足. 저도 평생 화두로 삼는 단어입니다. 사전에서 '만족'을 찾아보면 '아주 꽉 찬 상태. 모자람 없이 충분하고 넉넉함'으로 쓰여 있답니다. 고대 철학자부터 현대 심리학자까지 수많은 사람이 인간의 만족을 연구해왔습니다. 영국 사상가 존 스튜어트 밀은 "배부른 돼지가 되기보다 배고픈 인간이 되는 편이 낫고, 만족하는 바보가 되기보다 만족하지 않는 소크라테스가 되는 편이 낫다"라고 말하기도 했어요.

심리학자 에이브러햄 매슬로는 자아실현의 욕구를 '성장 욕구growth needs'와 '결핍 욕구deficiency needs'로 구분했지요. 자아실현 욕구를 실현하기 위해서는 결핍 상태를 극복해야 합니다. 애정 결핍, 물질 결핍 등 만족하지 못하는 상태가 곧 결핍이지요.

저는 해마다 발표하는 세계 각국 국민의 행복지수를 흥미롭게 보고 있어요. 행복지수가 인생의 만족도와 직결되는 것은 아니지만 그 나라의 행복 수준을 대략 유추해볼 수는 있잖아요. 유엔 산하 자문기구 지속가능발전해법네트워크가 발간한 2024년 〈세계행복보고서〉를 바탕으로 하면, 세계에서 행복지수가 가장 높은 국가는 핀란드입니다. 우리나라는 143개국 중 52위지요. 우리 경제는 발전하고 있는데 행복은 오히려 후퇴하고 있습니다.

오래전 북유럽 국가에 체류하며 핀란드의 소박한 생활 방식을 느꼈습니다. 친구 소개로 핀란드 젊은이들을 만나 그들의 삶을 살펴볼 기회도 있었지요. 제가 만난 핀란드 젊은이들은 자기 삶을 즐기고 태도가 여유로웠어요. 주변 사람과 자신을 비교하는 말은 거의 하지 않았고요. 대화해보니 그들은 자신의 내면과 경험, 즉 삶 자체에 관심이 있더군요.

핀란드는 곳간이 든든하고 사회적 안전망과 공공복지 시스템을 잘 갖추고 있지요. 그것이 그들의 행복지수를 높이는 데 중요한 역할을 하겠지만, 타인과 비교하지 않는 분위기도 행복감을 주지 않을까 싶어요.

제 아버지는 안분지족安分知足을 누누이 강조하셨습니다. 편안한 마음으로 분수껏 살면서 적당히 만족할 줄 알아야 한다고요. 이것은 제 좌우명이기도 합니다. 나이 들수록 가슴에 새록새록 새기는 교훈입니다.

진심은 항상 통할까

경신 "나만 또 진심이지"라는 말이 유행한 적이 있습니다. 자신은 진심이었는데, 상대는 자신을 사랑하지 않았거나 진심이 아니었을 때 쓰는 자조적 표현입니다. 기대하면 실망하게 될까요? 돌이켜보면 제게 상처를 주고 실망을 안긴 사람은 대부분 제가 좋아하고 잘해준 사람들입니다.

초등학생 시절 저와 늘 함께했던 친구가 있었습니다. 그 친구와 저는 서로의 깊은 고민을 털어놓으며 우정을 쌓았습니다. 그런데 어느 날 선생님을 따라 교실 문을 열고 들어온 그 친구가 반 친구들 앞에서 작별 인사를 하는 게 아니겠어요? 갑작스러운 전학 인사에 어안이 벙벙했습니다. 전날 함께 하교했을 때도 아무 말 없었는데 갑자기 떠난다니요. 친구가 떠나는 것도 서운했지만 미리 말해주지 않아 더 속상했던 기억이 납니다.

어른이 되면 마음이 단단해져서 상처받지 않을 줄 알았는데 아니더라고요. 제가 아끼던 후배가 있었습니다. 회사 동료로, 인간적으로 마음이 가는 친구였어요. 서로 다른 부서에서 일했지만 다른 동료들보다는 가깝다고 생각했는데 어느 날 갑자기 이직 소식을 들었습니다.

이직을 준비하면서 고민이 많았을 텐데 도움을 주지 못해 미안했고, 그 친구에게 제가 그리 믿을 만한 상대가 아니었구나 하는 생각에 슬프기도 했습니다. 말하고 보니 저는 상대가 예고 없이 떠날 때 상처받는 유형인가 봅니다.

상대에게 진심을 주면 상대도 그럴 것이라는 순진한 생각을 버릴 나이가 됐건만 여전히 그것이 쉽지 않습니다. 저만 진심인 상황은 늘 속상합니다.

논나 경신 씨 말을 듣고 저를 돌이켜봤습니다. 저도 타인에게 크게 상처받은 경우가 제법 있습니다. 지금껏 켜켜이 쌓인 세월 속에서 얼마나 많은 관계를 형성하고 또 얼마나 많은 관계가 퇴색했겠어요. 상처는 가까운 사람들에게 받는다는 말에도 전적으로 동의합니다. 왜냐면 기대가 있으니까요.

가장 가까운 남편과 자식 역시 개체로는 남이라서 그런지 관계 속에서 서로 크고 작은 상처를 주고받아요. 다만 가까운 관계일수록 상처의 소멸 속도와 망각 속도가 빠른 것 같습니다. 이건 어쩌면 제 성향일지도 모릅니다. 이른바 '뒤끝'이란 말이 있지요. 저는 뒤끝이 없는 성향입니다. 남편과 자식이나 제 사회생활 문제로 크게 다퉈도 뒤돌아서면 잊어버립니다.

그래서 긴 결혼 생활을 하며 당황스러운 순간이 많았습니다. 저는 남편과 언쟁하면 일단 대화를 나눈 거니 마음을 풀고 넘어가는 편이거든요. 반면 남편은 며칠간 침묵시위를 하는 스타일입니다. 이른바 냉전! 제게는 그런 답답한 상황이 결혼 생활에서 가장 무거운 상처라고 말할 수 있겠네요. 달랠 수도, 쥐어박을 수도 없는 대상이잖아요. 두 개체 간의 에너지가 동일 질량이 아닐 때 무척 버겁고 상처받는다는 느낌이 듭니다.

경신 씨가 상처받은 경우도 두 개체 간의 에너지 밀도가 달라서 발생한 현상이 아닐까요? 경신 씨는 이른바 너울이 넓어서 많이 품을 수 있고 또 속내도 꺼내놓는 성향이지만, 친구는 자신의 문제를 시시콜콜 이야기하는 데 익숙지 않은 내향적 성격일 수 있잖아요. 말을 어디서부터 어떻게 꺼내야 할지 몰라 망설이다가 시기를 놓친, 그런 상황이었을

지도 모릅니다.

경신 씨의 상처는 과거 완료형인데 제 상처는 현재 진행형이네요. 어쩌겠어요. 타고난 성향은 본인이 이를 악물고 고치려 들지 않는 한 바꾸는 것이 불가능하니 제가 감내해야지요. 미우나 고우나 아직 함께해야 할 세월이 남아 있고 또 그 시간이 길게 이어지기를 바라니까요.

화에 관한 짧은 고찰

경신　저녁에 친구가 갑자기 찾아와 꽃 한 다발을 건넸습니다. 느닷없는 꽃 선물에 의아한 표정을 짓는 제게 친구는 빙긋 웃으며 "오늘 좀 화나는 일이 있었어. 이대로는 안되겠다 싶어서 오늘이 가기 전에 직접 행복한 일을 만들어봤지"라고 하더군요. 꽃 한 다발로 친구와 저는 그날 밤이 행복했습니다. 친구는 자신의 분노를 능동적으로 멋지게 다스렸지요.

저는 화가 나면 잠을 잡니다. 성격이 다혈질이라 화가 났을 때 즉각 반응했다가 낭패를 본 적이 많거든요. 어떤 문제를 두고 분노가 앞서면 일을 해결하긴커녕 그르치잖아요. 그래서 화가 나면 일단 그 상황에서 한발 멀어지려 노력합니다. 회사에서는 화가 나면 물 한 잔이라도 마시고 호흡을 가다듬지요.

주변 사람들에게 화를 잠재우는 자기만의 방법이 있는지 물어본 적이 있어요. 펑펑 울기, 땀 흘리며 운동하기, 매운 음식 먹기, 수다 떨기 등 다양하더군요. 분노를 조절할 방법을 찾지 못해 혼자 끙끙대다가 마음의 병을 얻었다며 고통을 토로하는 사람도 있었습니다.

우리 사회는 분노라는 감정에 취약한 듯합니다. 인간의 감정이 0도에서 시작해 100도에서 끓어 넘치는 물과 같다면, 언젠가부터 우리 사회에서 분노의 끓는점은 90도 정도로 느껴져요. 사소한 자극에도 쉽게 들끓는 것이지요.

비 오는 날 배달 음식이 10분 늦게 도착했단 이유로 음식점에 전화해 폭언을 퍼붓는 소비자, 길에서 마주친 사람이 쳐다보는 게 기분 나쁘다는 이유로 느닷없이 폭행을 저지르는 행인을 뉴스로 접할 때마다 우리 사회가 분노 조절과 해소 방법을 시급하게 모색해야 한다는 생각이 듭니다.

논나 화는 아기 같아서 달래고 보살펴야 합니다.

가슴의 아궁이에 화라는 불이 걷잡을 수 없이 커지면, 저는 제가 화가 났음을 알아차리고 마음속 분노를 가만히 바라봅니다. 그러고 나서 제 감각이 변하는 것을 느껴봅니다.

화라는 촛불이 횃불로 커져 잔학성을 드러내지 않도록 주의하지요.

어린 시절 형제자매와 다투면 집안 어른들이 우리를 나란히 무릎 꿇게 하고 타이르던 말씀이 있습니다.

"참을 인忍 자가 셋이면 살인도 면한다. 잘 참는 사람이 이기는 거다."

"화는 가죽 포대에 가둬놓아도 터지지 않는다."

한마디로 분노를 내면에서 다스리라는 것이었지요.

저는 화가 나면 잠을 이루지 못해요. 화를 속으로 삭이며 잘 수 있다니 경신 씨에게는 의외로 내향형 기질이 있나 봅니다. 저는 화가 나면 무조건 걷기 편한 신발을 찾아 신고 밖으로 나가 걷습니다. 걷다 보면 분노로 씩씩거리던 호흡이 조금씩 가라앉지요. 걸음 수가 늘어날수록 호흡과 감정이 점차 정상으로 돌아오고요.

우리 사회는 어느새 분노 사회가 되어가고 있어요. 국회의사당에서는 고성을 지르고, 거리에서는 '묻지마 범죄'가 벌어지고, 온라인상에서는 악플을 쏟아냅니다. 평정심을 되찾아야 할 텐데, 안쓰럽습니다. 감정 다스리는 방법을 초등학교 때부터 가르치면 좋겠어요. 어려서부터 교양 덕목을 가르치는 것이 사회를 밝게 유지하는 방법 중 하나일 것입니다.

분노는 결국 마음속을 전쟁터로 만들고, 평정심은 마음 속을 풀밭으로 만들지요. 그래서 저는 오늘도 걸으면서 마음을 평평하게 만드는 연습을 합니다.

말은 불씨가 되거나
꽃씨가 되지요

3 부

말하기

세련미를 갖춘 조언

경신   세련된 사람인지 아닌지 드러나는 순간이 있어요. 타인의 잘못을 지적할 때예요. 많은 사람이 자기 잘못을 지적당하면 불쾌해하잖아요. 수치심이나 모멸감을 느끼지 않게 지적하는 건 어려워요. 지적을 적확하되 매끄럽게 하는 사람을 보면 존중감이 샘솟아요.

몇 년 전 세련된 조언이란 무엇인가를 몸소 느꼈어요. 어느 회의장에서 한 참석자가 실언한 날이었지요. 그때 저는 싸늘한 표정을 숨기지 못했습니다. 당시 저는 제가 그런 표정을 지었는지도 몰랐어요. 무의식중에 드러난 표정이었거든요.

며칠 후 제가 존경하는 박은주 선배가 저를 불러 조용한 곳으로 데려가 말했습니다.

"경신아, 아무도 너를 보고 있지 않은 순간에도 말과 표정을 조심해야 해. 습관이 곧 태도란다. 너를 아끼는 나도 가끔 네 표정을 살필 때가 있어. 남들이 눈치를 보게 만드는 불편한 사람이 되면 너에게 큰 손해야. 너는 똑똑하지만 더 성장하고 싶다면 날 선 표정을 숨겨야 해."

그리고 이렇게 덧붙였습니다.

"나도 30년 동안 직장에서 치열하게 살았고 싸움에서 늘 이겼다고 생각했는데 돌이켜보니 후회가 많아. 전투에서 이기고도 전쟁에서 진다는 말이 있잖아. 사람의 마음을 얻어야 전쟁에서 이기는 거야. 나는 그러지 못했지만 너는 꼭 성공하길 바라."

선배의 조언을 듣자마자 부끄러웠고 저의 태도를 반성했습니다. 제 잘못의 핵심을 짚어주고 개선 방법도 일러준 선배에게 감사했지요. 그 후로 저는 선배의 그 조언을 인생의 나침반으로 삼고 있습니다.

논나 멋진 직장 상사에게 인생의 나침반으로 삼을 조언을 들었다니 행운아네요. 세련된 조언뿐 아니라 세련된 태도까지 배웠겠어요. 제게도 인생의 길목마다 삶의 지침이 되어준 분들이 있네요.

우선 "모난 돌이 정 맞으니 겸손해라. 겸손이 가장 큰 덕목이다"라고 누누이 강조한 친정아버지가 있습니다. 이 말은 뾰족뾰족한 돌은 다듬기 위해 정으로 내려치니 늘 조심스레 행동하라는 뜻이지요.

"점잖은 사람은 위턱이 무겁고 아래턱이 가벼워야 한다"라며 항상 신중히 행동하라고 자애롭게 타이르던 할머니도 생각납니다. 할머니의 조언은 위턱이 무겁고 아래턱이 가벼우면 두 입술이 맞붙어 떨어지지 않으니 말수가 줄어들 테고, 말수가 줄어들면 그만큼 실수가 줄어든다는 가르침입니다.

그뿐 아닙니다. 할머니는 "절대 무릎맞춤할 일을 저지르지 말라"라고도 일러주었지요. 뒷말을 하거나 경솔한 행동을 해서 누군가와 무릎을 맞대고 앉아 언쟁할 일을 만들지 말라는 뜻입니다. 참 재미있는 표현이지요?

유학 후 귀국해 처음 대학에서 강의를 시작한 30대 초반에 만난 은사님의 조언도 기억납니다. "강의할 때 누구도 소외되는 느낌이 들지 않게 학생을 골고루 불러주세요"라고 일러주셨지요. 그 조언을 따른 덕에 학생들과 충돌하지 않고 비교적 좋은 평가를 받을 수 있었습니다. 이 모든 가르침은 제게 금과옥조처럼 작용해 피가 되고 살이 되었지요.

말도 많고 탈도 많은 시대를 향한 세련된 한마디도 있습니다.

"나지막이 말하고, 천천히 말하고, 너무 많이 말하지 마라." 미국 원로 배우 존 웨인의 말이지요. 말은 가다듬으면 영롱한 보석이 되지만 던지면 깨진 유리 조각이 됩니다.

말
의
힘

경신　　"기도는 우주에 보내는 에너지입니다." 선생님이 하신 말씀이지요. 자기의 바람을 계속 빌면 결국 이루어진다고 하셨고요. 선생님의 에너지 이론에 공감합니다. 저는 종교가 없지만 말로 기도를 하곤 해요. 말에 강력한 힘이 있다고 믿거든요.

"이렇게 사느니 죽는 게 나아." "나는 평생 거지꼴로 살거야." "이번 생은 망했어." "나한테 좋은 일이 생길 리 없어." "내가 잘될 리가 있나." 저는 빈말로도 이런 말을 입에 올리기가 싫습니다. 혹 그런 말이 에너지를 생성해 저를 그런 말대로 살게 할 수 있으니까요. 부정어를 입에 달고 사는 사람은 결국 부정적 삶을 살게 되더군요. 반대로 긍정어가 입에 밴 사람은 뜻밖의 행운을 얻지요.

말에는 세상을 대하는 인식이 담겨 있습니다. 평소 부정적 말을 하는 사람은 사사건건 마찰을 일으킬 가능성이 큽니다. 생각은 행동으로 드러나고 그 행동은 상황에 따라 사건을 일으키지요. 그런 사건들이 모여 인생의 방향이 정해지고요.

오늘도 제 인생을 위해 우주에 에너지를 보냅니다.

"나는 잘될 거야. 가는 곳마다 귀인을 만나고, 하는 일마다 행운이 따를 거야. 내가 잘되면 사람들에게 많이 베풀면서 살아야지. 내 주변엔 행복한 일만 가득할 거야."

논나 말은 씨가 되지요. 중학교 1학년 시절, 무거운 책가방을 마루에 털썩 내려놓곤 "아유, 죽겠다"라고 말한 적이 있습니다. 그때 할머니가 낮고 준엄한 목소리로 "그런 말은 점잖은 사람이 하는 게 아니다"라고 하셨습니다.

할머니가 유독 강조하시던 말씀이 '점잖게'였지요. 어릴 때는 그 말씀을 '까불지 말라'라는 뜻으로 받아들였어요. 나중에야 집안의 장녀가 의젓하고 진중하고 고상하길 바라는 마음이 담긴 말임을 알았습니다.

오래전 텔레비전 교양 프로그램에서 한 실험을 했어요. 한쪽 물컵에는 긍정적 언어를 들려주고, 다른 한쪽 물컵에는 듣기 거북하고 흉한 언어를 들려주었지요. 일정 시간이 지난 후 물의 입자를 현미경으로 들여다보니 그 결과가 놀라웠습니다.

긍정적 언어를 들은 물의 입자는 아름다운 형태였지만, 흉한 언어를 들은 물의 입자는 불규칙하고 일그러진 형태였습니다. 물도 "사랑해"라는 말을 들려줄 때와 "미워해"라는 말을 들려줄 때 결정체가 달라졌습니다.

특히 자신에게 하는 말은 자기 암시가 되잖아요. 말이 우주 공간으로 퍼져가는 에너지라고 생각해보세요. 좋은 말을 쓰면 좋은 에너지가 모이고, 좋은 에너지가 모이면 좋은 일이 찾아올 거예요.

어른의 싸움

경신 "먼저 울면 지는 거야."

어릴 적 친구들 사이에 말싸움이 나면 꼭 구경꾼 한 명이 심판을 봤습니다. 지금 생각하면 웃음이 나오지만 초등학생도 그들 나름대로 게임 규칙을 명확히 세웠던 거지요.

어릴 적 저는 제 입장을 또박또박 말하고 상대가 누구든 쉽게 기죽지 않는 아이였습니다. 친구가 먼저 울음을 터뜨리며 미안하다 사과하면 "나도 미안해. 우리 다시 사이좋게 지내자"라고 서로 부둥켜안고 울며 마무리하곤 했지요.

그런데 어른이 되어 맞닥뜨린 싸움의 메커니즘은 달랐습니다.

상대가 먼저 잘못을 인정하거나 사과해도 제가 이긴 것

이 아니더라고요. 오히려 잘못한 게 없어도 제가 먼저 사과하는 편이 훨씬 좋은 결과를 내는 때가 많았습니다. 일단 상대가 마음이 상하면 관계를 되돌리는 데 몇 배의 시간과 노력이 필요하다는 것을 꽤 많은 사람을 떠나보낸 후에야 깨달았습니다.

또 어른 싸움에서는 구경꾼 심판이 규칙을 말해주지도, 승패를 가려주지도 않더라고요. 그저 가만히 보고 있다가 마음속으로 판단할 뿐이지요. 대개는 양쪽 모두를 패자로 여기는 것 같습니다. 누구 잘못이 더 크든 싸움이 벌어지면 '똑같은 놈들'로 통칭합니다. 싸우지 않고 의사소통할 수 있는 인내심과 커뮤니케이션 능력이 부족한 사람이라는 뜻이지요.

그리고 어른 싸움은 어떤 방식으로든 제게 상처가 남더군요. 감정 소모도 고스란히 본인의 몫이고요. 한마디로 져도, 이겨도 아프다는 것이지요. 나이가 들수록 싸우지 않는 것도, 싸우는 것도 힘들다는 생각이 듭니다.

논나 말싸움이든 몸싸움이든 싸움은 하지 않는 게 제일 좋지요. 저는 이제 타인과 다툴 만큼 격한 분노는 여간해서 느끼지 않습니다. 이건 나이가 들어서 생긴 좋은 점일까요?

참을 수 있는 한계를 넘어서는 상황이면 싸울 수밖에요.

돌이켜보니 제 인생에서 가장 많이 언쟁한 대상은 남편이었습니다. 젊어서 다툴 때는 남의 잘못은 조목조목 따지면서 자기 잘못은 인정하지 않는 상대방한테 더욱 분노가 폭발해 거친 언사가 나오기도 했지요.

언어라는 게 참으로 묘합니다. 어느 순간 격앙되어 감정적 단어를 내뱉으면 일종의 카타르시스가 느껴지지만, 그 순간이 지나면 스스로에게 혐오감이 듭니다.

나이 든 이후로는 젊을 때와 같은 우를 범하지 않으려고 노력합니다.

형제간에 다툼이 벌어질 때마다 예전 어른들이 타이르던 말 중에 "지는 게 이기는 거다"라는 가르침이 있었습니다. 젊어선 그 무슨 억울한 말이냐고 반기를 들었지만 나이가 들수록 옳은 말이라는 생각이 듭니다. 저도 나이 들어 여러 가지 경험이 쌓이니 진짜 이기는 것의 정의가 바뀌게 되더라고요.

저는 완전히 끊을 관계가 아니라면 상대방이 싸움을 걸어와도 가능한 한 나의 내면 상태부터 점검한 후 전열을 가다듬고 상대를 대하는 게 답이라는 결론을 내렸습니다. 물론 그러려면 상대방이 야비하게 제 약점을 건드려도 발끈하지 않을 인내심을 키워야겠지요. 저는 그 인내심을 방탄조끼라 부릅니다.

내 감정에 방탄조끼를 입히면 내 마음이 다칠까 불안해지지 않습니다. 상대가 험악하게 나와도 저는 느긋하게 한 발 물러서서 상대방에게도 시간을 주려고 합니다. 그 단계가 지나면 상대도 진정하기 때문에 대화가 가능해지지요. 발끈하지 않고 기다리면 상대방도 누그러져 자신의 잘못을 인정하더군요.

워런 버핏의 투자 멘토였던 찰리 멍거는 이런 지혜로운 말을 남겼습니다.

"절대로 돼지랑 씨름을 벌여서는 안 됩니다. 둘 다 진흙탕에서 뒹굴게 되더라도 돼지는 그렇게 되는 걸 아주 좋아하기 때문입니다."

낯선 사람과 대화하는 방법

경신　미국 아이다호주에 있는 블랙풋이라는 시골 마을에 방문했을 때의 일입니다. 아이다호주는 미국 내 감자 총 생산량의 3분의 1을 차지하는 곳이라, 그곳엔 감자와 관련된 다양한 관광 코스가 있었습니다.

엘리샤는 그곳의 조그마한 감자 요리 전문점의 종업원이었습니다. 그녀는 제게 여행을 왔느냐, 어디서 왔느냐며 말을 걸었습니다. 낯선 이의 갑작스러운 질문에 제 신상을 어디까지 말해야 할지 몰라 우물쭈물하는데, 그녀가 먼저 자기소개를 했습니다.

"나는 인디애나주에서 왔고 크로스컨트리 선수야. 우리 가족은 모두 인디애나주립대학교를 졸업했고 그 지역에서

운동을 가르치는 교사로 일해. 이번 겨울에 여기 아이다호 주에 개 한 마리와 함께 여행을 왔어. 이곳은 정말 사랑스러워."

그녀는 묻지도 않은 이야기를 술술 털어놓았습니다. 잠자코 듣던 저는 '혹시 사기꾼이 아닐까' 걱정하며 긴장했지요. 자기소개를 마친 그녀는 즐거운 여행을 하라는 친절한 인사를 남기고 자리를 떠났습니다. 잔뜩 경계한 저는 머쓱했고 그녀에게 미안했습니다.

미국인은 '스몰 토크small talk'에 익숙하지요. 제가 만난 미국인은 대부분 스몰 토크의 귀재였습니다. 제가 머문 집의 엘리베이터에서도 입주민들이 다양한 주제로 이야기를 나누는 모습을 보고 놀랐습니다. 열 명이면 열 명 모두 다른 인사를 건네더군요. 자기 강아지를 소개해준 아저씨, 대충 입은 옷을 칭찬해주신 할머니, 길 건너 새로 생긴 타코 가게가 끝내준다는 정보를 전해주신 할아버지까지요.

그런데 저는 낯선 사람을 만나면 "날씨 좋지요?" "식사하셨어요?" 이외에 할 말이 떠오르지 않습니다.

논나   새로 알아낸 산책길에서 못 보던 집을 발견했습니다. 실개천 가에 있는 야트막한 집이었지요. 하얀 벽에 '카페 개울'이라 적혀 있었습니다. 유리창 너머로 본 실내기 어찌나 깔끔한지 빨려 들어가듯 안으로 들어섰습니다.

카운터에 앉아 있는 주인 청년에게 웃으며 말을 건넸어요. 한적한 마을에 어찌 이리 멋진 카페를 열었나 궁금했을 뿐 아니라 주인 청년의 첫인상이 맑아서 이야기를 해보고 싶었거든요.

"동네 주민이에요. 제가 커피는 못 마시는데 외관이 아주 멋져 들어왔어요. 구경 좀 해도 될까요?"

그는 친절하게 "얼마든지 구경하세요"라며 반갑게 맞아 주었습니다.

"티 테이블부터 의자, 소품까지 굉장히 조화롭네요. 멋진 감각이에요"라고 진심을 담은 칭찬을 건넸습니다. 제 칭찬에 청년은 수줍게 웃었고 슬슬 낯선 할머니에게 경계를 푸는 듯했습니다. 서로 마음의 경계를 풀자 물 흐르듯 편안했습니다.

그날 이후 카페 개울은 제 산책길의 단골 코스가 되었습니다. 자주 방문하다 보니 이제는 카페 사장이 아들 같은 느낌마저 들어 손님이 없을 때는 서로 인생 상담까지 나누는 사이가 됐지요.

처음 보는 사람과 대화하는 특별한 비법이 있는지는 잘 모르겠습니다. 다만 사람의 진심은 통하는 법이라는 믿음은 있습니다. 마음이 동하면 상대가 부담스럽게 느끼지 않을 만한 주제로 자연스럽게 대화를 청해보고, 그것이 어렵다면 상대를 자연스러운 미소로 대해보세요. 마음의 부담을 내려놓을수록 인간관계가 잘 풀리더라고요. 이런 점이 나이 듦의 좋은 점이라고 생각합니다. 낯가림이 줄어드는 내공!

칭찬 소화불량

경신　저는 칭찬받는 데 취약합니다. "오늘 좋아 보이네"라는 말을 들으면 어쩔 줄 몰라 "피부가 엉망이야. 여기 다 크서클 좀 봐"라고 말하며 손사래를 칩니다.

칭찬을 편하게 받아들이지 못하는 이유를 생각해보았어요. 아는 체하거나 잘난 척하지 않고 겸손한 태도로 타인을 대해야 한다는 교육을 받고 자랐기 때문이 아닐까 싶습니다. 우리 사회는 자신의 감정을 적극 드러내지 않는 것을 미덕으로 여기기도 하고요. 그러지 않으면 건방지고 오만하다는 손가락질을 합니다. 겸손해야 한다는 강박이 칭찬 소화불량으로 이어졌단 생각이 듭니다.

논나　　저도 칭찬을 들으면 쑥스럽습니다. 어떻게 예의를 갖춰 호의를 받아들일까 긴장하기도 합니다. 한국인은 칭찬에 인색하고 칭찬을 어색해하는 문화적 풍토에서 자랐잖아요. 칭찬에 화답하는 말을 제대로 배우지 못했고요.

이탈리아에서는 양육자가 피양육자를 이렇게 부릅니다. 미아 스텔라Mia Stella, 나의 별! 미오 아모레Mio Amore, 나의 사랑! 미아 조이아Mia Gioia, 나의 기쁨! 미오 테조로Mio Tesòro, 나의 보물!

저는 이탈리아인의 사랑이 듬뿍 담긴 말을 좋아합니다. 마음이 몽글몽글해지잖아요. 어릴 적부터 사랑이 넘치는 호칭을 들으며 자란 이탈리아인은 칭찬을 주고받는 데도 능숙합니다. 그들은 칭찬을 받으면 활짝 웃으며 고맙게 받아들이지요. 또 칭찬해준 상대에게 칭찬을 되돌려주며 화기애애한 분위기를 만듭니다.

"가는 말이 고와야 오는 말이 곱다"라는 속담도 있잖아요. 고개를 들어 앞에 있는 사람을 한번 바라보세요. 그리고 오늘은 어떤 부분을 칭찬하면 좋을지 생각해보세요. 상대를 긍정의 눈으로 바라보는 것만으로도 기분이 밝아짐을 느낄 수 있을 거예요. 칭찬은 과식해도 탈이 없으니 이제부터 '칭찬 과식 운동'을 함께 해볼까요?

잔소리와 쓴소리

경신　　영화 〈인턴〉은 능력 있는 온라인 쇼핑몰 CEO 줄스와 그녀의 회사에 인턴으로 취직한 일흔 살 할아버지 벤의 이야기입니다. 줄스는 벤에게 비서직을 맡겼지만 처음엔 불편해하며 무관심한 태도를 보입니다. 하지만 곧 그의 능력과 배려심, 통찰력을 인정하고 의지하면서 둘은 가까워지지요.

어느 날 벤은 우연히 줄스의 남편이 바람을 피우는 광경을 목격합니다. 그 무렵 줄스는 사업이 바빠지며 남편과의 관계가 소원해져 고민합니다. 가정이 무너질까 두려운 마음에 자신을 대신할 CEO를 고용할 결심까지 하지만, 그녀는 일을 놓고 싶지는 않습니다. 고민을 거듭하던 줄스는 평평 울며 벤에게 고민을 털어놓고, 벤은 그제야 마음에 담아두었던 조언을 건넵니다. 그의 조언에 힘을 얻은 줄스는 일을 포기하지 않고 남편과의 갈등도 풀어갑니다. 영화에서 가장 인상 깊은 부분은 벤의 신중한 태도입니다. 벤은 누구보다 줄스를 아끼지만 먼저 남편의 외도 사실을 말하지 않고, 섣부른 충고도 하지 않거든요.

"조언을 건넬 수는 있지만 행동을 대신해줄 수는 없다"라는 벤저민 프랭클린의 말이 떠오릅니다. 저는 벤을 보며 상대에게 도움을 준다는 명분으로 도리어 상처를 주고, 타인의 판단을 뒤흔든 적은 없었는지 돌이켜보았습니다.

충고는 마음의 준비를 하고 들어도 맵습니다. 충고는 각오를 단단히 하고 해도 떨립니다. 상처를 받을 수도 줄 수도 있는 말이니까요.

논나　　잔소리는 듣기 싫게 꾸짖거나 시시하게 참견하는 말이고, 쓴소리는 듣기에 거슬리지만 도움이 되는 고언이지요. 소설 《걸리버 여행기》를 쓴 조너선 스위프트는 기성세대가 금과옥조로 삼을 격언을 남겼어요.

"늙은이는 젊은이들과 어울리려고 억지로 노력하지 마라. 누군가가 자신에게 도움을 청해오기 전에는 절대로 먼저 이야기하지 마라."

저는 상대가 요청하지 않은 섣부른 충고나 조언은 하지 않으려고 노력해요. 만약 제 견해가 듣고 싶다고 요청하면 마지못해 입을 열지만 그 전에 일종의 사탕을 준비하지요. 그 사탕이란 아주 부드러운 말투와 칭찬입니다. 먼저 사탕을 애피타이저처럼 제공한 뒤 진짜로 하고 싶은 쓴소리, 즉 메인 요리를 제공하는 전략이라 할 수 있겠네요.

정신건강의학과 전문의 정혜신 박사는 '충조평판' 금지를 이야기합니다. 충고, 조언, 평가, 판단을 하지 말라는 것이지요. 사실 충고나 조언은 상대방 행동을 평가하고 판단한 후에 나오는 것이잖아요. 그러니 그것을 듣는 이는 마음이 얼마나 불편하겠어요.

쓴소리는 쓴 약과 같아서 상대의 상태와 기질을 잘 살펴서 해야겠지요. 너무 강하거나 너무 약하면 효험이 떨어지니까요.

혐오 표현의 자유는 없다

경신　　요즘 우리는 혐오의 시대에 살고 있습니다. 진보와 보수는 서로를 '수구꼴통' '빨갱이'라 부르고요. 심지어 인간을 벌레에 비유하기도 합니다. 고령자를 '틀딱충'으로, 아이가 있는 엄마를 '맘충'으로 부릅니다. 학생들을 지칭하는 '급식충'이라는 말도 있네요. 직업을 혐오하는 명칭도 빠질 수 없습니다. 국회의원은 '국개의원', 의사는 '의새', 경찰은 '견찰', 기자는 '기레기'라고 부릅니다.

이처럼 누군가를 혐오하는 표현이 소셜미디어나 언론 등을 통해 확대 재생산되는 것을 볼 때마다 두려움을 느낍니다. 특히 저는 맘충이라는 표현에 큰 충격을 받았습니다. '어머니'라는 절대 성역이 무너진 느낌이랄까요. 성별, 인종, 연령, 계층을 막론하고 누구나 혐오의 대상으로 낙인찍힐 수 있다니 두려움이 앞섭니다. 제가 속한 집단도 마찬가지겠지요. 두려움도 두려움이지만 인간의 존엄성이 이토록 훼손되고 있다는 사실이 슬픕니다.

우리 사회가 지금은 혐오의 흙탕물로 탁해졌지만 분명 자정 기능이 작동할 거라고 믿습니다. 우리에게 혐오를 이겨낼 희망이 싹트는 기적이 찾아오길 간절히 바랍니다.

논나　　예를 든 용어를 살펴보니 과장을 조금 보태 모골이 송연하네요. 어째서 그렇게 인간의 존엄성을 짓밟는 표현을 쓰게 된 걸까요. 더구나 우리나라에서 쓰기 시작한 '맘충'이란 말은 이탈리아 유력 일간지까지 다루었을 정도로 심각한 혐오 표현입니다.

인간을 곤충에 비유할 필요가 있을까요? 모든 인간은 여성의 몸에서 태어나니 그런 용어를 쓰는 사람들은 스스로 자신을 '충'이라 하는 꼴이 아닌가요?

어쩌면 그렇게 혐오 대상이 된 집단에게도 잘못이 있다고 말할지도 모릅니다. 설령 그럴지라도 혐오는 해결책이 아닙니다. 혐오성 발언과 낙인찍기는 분열을 증폭하고 대화와 이해의 토대를 약화합니다. 편견과 차별을 정당화하고 소수자를 향한 공격을 부추기지요. 이 모든 것은 결국 사회적 연대와 공동체 의식을 훼손해 사회 전반의 신뢰와 협력 기반을 무너뜨립니다.

독일 극작가이자 시인인 베르톨트 브레히트는 그의 시 〈후손들에게〉에서 '관대한 마음'을 노래했지요.

저는 표정을 일그러뜨리고 싶지도 않고, 목이 아프도록 싸우고 싶지도 않습니다.

예
의
와

상
식

경신　　'환불 메이크업'이라는 말을 들어보셨나요? 이 말
은 구입한 물건을 환불해달라고 요구하러 갈 때 기죽지 않
기 위해 강하고 사납게 보이도록 눈과 입을 과장해서 표현
하는 메이크업을 뜻합니다. 진한 화장에다 요란한 옷을 걸
치고 백화점에 갔을 때, 직원이 눈치를 보며 민원을 쉽게
처리해주는 장면은 텔레비전 드라마나 예능 프로그램에
꽤 자주 등장합니다.

　환불 메이크업이라는 말을 처음 들었을 땐 그저 재미있
었어요. 실제로 환불을 받으려 하면 왠지 미안하고 눈치가
보여 주저하는 마음이 들거든요. 환불을 요청하기가 어려
워 마음에 들지 않아도 그냥 쓰거나 타인에게 양도하는 사

람도 주위에서 많이 봤어요. 방송 소재로 여러 번 다뤄진다는 것은 그만큼 대중에게 공감대가 형성되어 있다는 뜻이잖아요.

그런데 어느 날 문득, 환불 메이크업의 이면에 순한 얼굴로 요구하면 처리되지 않을 일도 사나운 얼굴로 요구하면 처리될 것이라는 기대가 담겨 있다는 생각이 들었습니다. 진상 고객처럼 불합리하게 요구하는 것이 아니라면 우리는 당연히 불편부당한 일에 이의를 제기하고 환불을 요구할 수 있습니다. 그럼에도 불구하고 왜 사나운 몰골로 찾아가 직원의 기를 죽여서라도 일을 처리해야 한다는 생각을 하게 됐을까요?

짐작이 가는 바는 있습니다. 많은 사람이 일부 백화점의 고급 브랜드가 고압적 자세로 손님의 차림새를 보고 차별 대우한다고 느끼고 있거든요. 물론 그런 경험이 강하게 보이는 척 힘을 과시해 환불을 처리하겠다는 결심으로 이어졌는지는 알 수 없습니다. 다만 중요한 건 고객의 행색, 즉 돈의 유무로 차별 대우하는 사례가 진짜로 존재한다는 것이지요.

이건 마치 다큐멘터리 〈동물의 왕국〉을 연상하게 합니다. 자신을 보호하기 위해 더 강하게 보이려 애쓰는, 그러니까 힘으로 상대방을 제압하려는 모습이니까요. 환불 메이크업은 사람보다는 돈, 규정보다는 힘으로 사람을 대하는 우리 사회의 단면을 상징적으로 보여주는 사례가 아닌지 진지하게 생각해봅니다.

논나 환불 메이크업이라니, 무척 재미있는 주제군요. 환불을 요구하기 위해 물건을 구입한 매장을 찾아가면서 좀 더 세게 보이려고 화장을 짙게 한다는 사연이 요즘 표현으로 '웃프'긴 합니다.

· 이참에 저도 환불받으러 갔던 기억을 곰곰이 떠올려보았습니다. 1980년대 중반 한창 일할 때 큰맘 먹고 장만한 유명 디자이너의 코트가 생각나네요.

이탈리아 유학 시절 제가 좋아하는 디자이너의 브랜드가 있었습니다. 그 매장 앞을 지나갈 때면 늘 '언젠가 취업해서 형편이 나아지면 기필코 이 매장 안으로 들어가 이 디자이너의 옷을 꼭 입어봐야지'라고 다짐했었지요.

훗날 취업한 저는 밀라노 첫 출장길에 업무를 마치자마자 그 매장으로 달려갔습니다. 마침 진열장에 걸려 있는 호피무늬로 안감을 댄 호박색 캐시미어 코트가 제 눈길을 사로잡았습니다. 무려 한 달 월급을 지불해야 하는 고가였지요. 살까 말까 망설이다가 차마 구입하지 못하고 발길을 돌렸습니다.

그런데 그날 밤, 밤새 그 코트가 눈앞에 아른거려 쉽게 잠을 이룰 수가 없었습니다. '살까? 너무 비싸. 포기할까? 평생에 한 번은 입어도 되잖아.' 밤새 고민한 저는 결국 그다음 날 매장 문이 열리자마자 코트를 구입했습니다. 코트를 들고 매장을 나오던 그날의 황홀감은 지금도 잊을 수가 없습니다.

그날 저녁, 거래처 대표의 저녁 초대가 있어서 착복식을 겸해 큰맘 먹고 그 코트를 입고 나갔습니다. 어찌나 기분이 좋던지 마치 제가 여왕이라도 된 양 자태를 뽐냈지요. 한데 걸음을 뗄 때마다 코트 안감과 함께 입은 니트 원피스가 뒤엉켜 옷이 말려 올라가는 게 아니겠어요? 정전기가 일어나나 싶어 다음 날 슈퍼에 가서 정전기 방지제를 구입해 뿌려봐도 전혀 효과가 없었습니다. 아니, 이런 날벼락이! 거의 눈물이 나올 지경이었습니다.

또다시 날밤을 지새우게 됐습니다. 그렇게 벼르고 별러서 산 코트에 문제가 있다니요. 환불을 요구할까? 다른 상품으로 교환해달라고 해야 하나? 고민스러웠습니다. 더구나 우리말로 요청하는 것이 아니니 더 난감한 상황이었지요. 밤새 문장을 만들어 외워가며 어떻게 하면 불이익을 당하지 않고 문제를 해결할 수 있을까 고민했습니다.

그리고 다음 날 다시 매장 문이 열리기를 기다렸습니다.

코트를 포장해서 들고 갈까 하다가 일부러 니트 원피스 위에 입고 갔습니다. 코트의 안감과 니트 원피스가 서로 들러붙는 참상을 보여주려고요. 어디나 문제 상황에는 매니저가 등장하지요. 제 모습을 본 매니저의 반응을 잊을 수가 없습니다.

"저희가 컬렉션을 준비할 때 이런 상황을 예상하지 못했습니다. 손님이 입으신 코트의 안감은 원래 겉감으로 사용하는 천입니다. 이 원단을 안감으로 사용하면 이런 불편이 생기리라고 미처 생각지 못했습니다. 정말 죄송합니다."

그녀는 안감 교체든, 교환이든, 환불이든, 뭐든 고객 입장에서 처리하겠다며 제게 진심으로 사과했습니다.

안감을 바꾸면 코트의 매력이 사라질 상황인지라 결국 서로 점잖게 예의를 지켜가며 환불로 마무리했습니다. 환불 메이크업 같은 것을 하지 않아도, 큰소리로 윗사람을 불러오라며 화내지 않아도 상식선에서 서로 대화해 해결하는 것이 표준인 사회가 됐으면 좋겠습니다. 지금 이 순간에도 첫눈에 반했지만 종국에는 입지 못한 그 코트의 아름다운 실루엣과, 정중하게 사과하던 매니저의 응대가 떠오르네요.

위로의 발명

경신　결혼을 앞둔 대학 후배와 오랜만에 만났습니다. 예비 신부의 환한 얼굴을 기대하며 한걸음에 달려갔지요. 그런데 청첩장을 건네는 후배의 표정이 어두웠습니다. 후배의 구체적 연애사는 물론 예비 신랑의 훌륭한 인품을 알고 있었기에 무슨 일이 생긴 건지 짐작할 수 없었습니다. 결혼 준비도 문제없이 잘하고 있다고 했고요.

"무슨 걱정 있어?"

제가 슬며시 물으니 눈물을 뚝뚝 떨구더라고요.

사연인즉, 회사에서 어려움을 겪고 있었습니다. 자기 나름대로 다양한 방법을 찾았지만 모두 허사로 돌아가 자포자기 심정이라고 했어요. 그간의 풍파에 자신감을 잃은 후배는 이직을 시도하는 것조차 두렵다고 말했습니다. 제 앞에서 한 시간 동안 우는 후배에게 아무 말도 할 수 없었습니다.

입을 뗐다 붙였다 하던 제가 겨우 꺼낸 말은 이렇습니다.

"일단 상황을 피해. 이 또한 지나가."

애써 웃고 난 뒤 어깨를 떨구고 지하철역으로 향하는 후배의 뒷모습이 무척 쓸쓸해 보였습니다. 제가 건넬 수 있는 위로가 보잘것없어 한없이 초라했습니다.

논나 젊을 때는 누군가가 고민을 털어놓으면 제 마음이 천근만근 무거워졌습니다. 저는 감정전이가 잘 되는 성향이라 함께 눈물을 흘리곤 했지요. 이 상처받는 영혼을 어떻게 구해줄지 조바심을 내기도 했고요. 어떤 말로 위로해야 할지, 어떤 길이 답이라고 해야 할지, 고민하다가 잠을 못 이루는 날도 많았습니다.

나이가 들어 건강 상담, 연애 상담, 경제 상담, 자식 상담, 남편 상담 등 상담사 역할을 자주 하다 보니 알게 되었습니다. 누군가가 근심할 때 답을 주려고 조바심을 내면 도리어 부질없는 말만 하게 된다는 것을요.

요즘엔 누가 제게 조언을 구하면 제 경험을 바탕으로 가능한 한 객관적 조언을 해주려 노력합니다. 다만 상담자가 출구 없는 암담한 상황에 놓였다면 가만히 어깨를 내어주고 울게 내버려둡니다.

"괜찮아. 나아질 거야.""힘내. 용기 잃지 마.""혼자만 그런 거 아니니 좀 참아봐." 이런 말은 하지 않습니다. 듣는 이의 입장에서 숨통을 더 막는 소리니까요. 헤겔이 말했잖아요. "마음의 문을 여는 손잡이는 바깥쪽이 아닌 안쪽에 있다." 스스로 문을 열고 나와 해답을 찾아가는 과정을 지켜봐주는 것. 그것이 가장 현실적이고 효과적인 위로일 때가 있습니다.

속마음을 털어놓을 사람이 있어서, 내가 혼자가 아니라는 것을 느끼는 순간 얼어붙은 마음이 녹기 시작합니다.

"그래, 실컷 울어. 하고 싶은 이야기가 있으면 내가 다 들어줄게. 마음의 에너지가 모조리 사라져 말할 힘도 없을 때는 그냥 내 곁에 앉아서 가만히 쉬어도 돼. 에너지가 차오르기를 함께 기다려보자."

샘물도 차오르기까지
시간이 걸리잖아요

4
부

생각하기

행복 풍경

경신 저는 좋아하는 것을 할 때 행복합니다.

 잠들기 전 책상에 앉아 하루를 정리하는 시간을 좋아합니다. 샤워를 마친 뒤, 창문을 열고 살짝 차가운 공기를 느껴요. 5분쯤 멍하니 앉아 긴장을 풀고 머릿속 온도를 낮춥니다. 일할 때 긴장도가 높은 편이라 잠시 멍 때리면 한껏 솟은 어깨도 내려가고 몸이 이완되지요. 제 몸의 스위치를 끄는 시간입니다.

 5월 새벽녘의 이슬 맺힌 풀밭과 나무, 서늘한 온도를 좋아합니다. 1년 중 딱 그 무렵에만 느껴지는 냄새가 있거든요. 싱그러운 풀 냄새와 쌉쌀하고 습기 가득한 흙냄새요. 습기를 머금고 그윽하게 실려 오는 향기는 언제나 가슴 설레게 해요. 아파트 건물 아래 드리운 고요한 그늘, 연두에서 초록으로 물드는 청량한 나뭇잎들이 물결을 이루며 반짝이는 모습은 아름다워요. 팍팍한 도시지만 5월의 아침 시간은 특별합니다.

목욕탕에서 갓 나와 바나나우유 한잔 마시는 순간을 좋아합니다. 몸을 식혀주는 달콤하고 부드러운 맛, 설명이 필요 없는 행복이지요. 개운한 기분으로 서 있는데 발개진 볼에 상쾌한 바람이 스칠 때의 기분은 이루 말할 수 없지요.

침대가 가라앉듯 잠드는 순간을 좋아합니다. 침대에 누워 눈을 감으면 마치 바닷속으로 잠수하는 듯해요. 깊은 잠에 빠져들수록 소음이 없고 침묵만 있는 곳으로 들어갑니다. 걱정은 바닷속 모래밭 아래로 스미고 저는 잠수함처럼 잠에 빠지는 거예요. 아, 생각만 해도 행복하네요.

여행 계획 세우는 시간을 좋아합니다. 여행을 떠나기 서너 달 전, 비행기표를 끊은 뒤 여행 다큐멘터리나 여행지와 관련된 책 혹은 영화를 보면서 예열하는 것이 아주 즐겁습니다. 출발하기 전까지의 시간을 즐기려고 여행하는 것이 아닐까 싶을 정도로 여행 전 설렘은 저를 행복하게 합니다.

논나   제게도 좋아하는 시간이 있어요.

저는 이른 아침 이불 속에서 꼼지락거리는 순간을 좋아

합니다. 바스락거리는 이불을 덮고 가만히 밝아오는 빛을 느낍니다. 눈을 떴다 감았다 하면서 손가락과 발가락을 꼼지락거리며 제 몸의 말단 감각들과 대화를 합니다. 저는 하루 중에 이 시간이 제일 행복합니다. 얼마 전 읽은 미국 명상 전문가 책에 그런 구절이 있더군요. 아침에 잠자리에서 눈을 떴을 때 즉시 벌떡 일어나지 말고 10분 정도 가만히 자신의 몸에 집중하라고요. 그 글을 읽은 뒤로는 더욱더 아침에 따뜻한 이불 속에서의 꼼지락거림을 즐깁니다.

이른 봄 양지바른 풀숲에서 고개를 내미는 야생 바이올렛을 쭈그리고 앉아 바라보는 것을 좋아합니다. 보라색과 초록색의 조화도 아름답고, 그 작은 꽃도 꽃이라고 봄을 알려주는 당당함이 당차면서도 귀엽습니다.

색 바랜 옷을 손빨래하고 직사 일광에 말린 뒤, 정갈하게 다림질하는 순간을 좋아합니다. 특히 해졌거나 구멍이 난 부분에 다른 색 옷감을 덧대 낡은 옷이 새로운 옷으로 재탄생하면 짜릿합니다.

신문의 신간 서평 읽기를 좋아합니다. 마음에 드는 책을 발견하면 산책을 겸해 서점으로 나들이를 갑니다. 신간에 담긴 새로운 세계를 접할 생각을 하면 설렙니다. 그 순간이 지독하게 행복해 가능한 한 택배를 지양하고 발품을 들여 서점에 갑니다.

제가 아끼던 물건을 탐내는 젊은 지인들에게 그 물건을
건네는 걸 좋아합니다. 옷장 속은 헐렁해지고 지인들과의
정은 충만해지니 어찌 아니 좋을까요. 제게 있으면 자주 쓰
이지 못할 물건이 젊은이들에게 가서 자주 쓰이며 가치를
창출하겠지요. 정기적으로 장롱 속과 집 안을 정리하며 좋
은 물건을 찾아내 누군가에게 보내줄 때 행복합니다.

만
약
에

경신　　애플에서 '비전프로Vision Pro'라는 혼합현실MR 헤드셋을 내놓았다고 합니다. 고글처럼 생긴 헤드셋을 쓰면 현실 세계와 가상 요소를 섞은 장면을 생생하게 보여준다고 하네요. 알래스카를 여행하고 싶다면 비전프로를 쓰는 것만으로 실제 여행하듯 상하좌우를 둘러보며 현장 소리까지 들을 수 있지요. 비행기도 직접 조종하고 우주에도 가볼 수 있답니다.

'만약에'라고 상상하던 일이 현실에서 펼쳐지는 시대입니다. 1989년 영화 〈백 투 더 퓨처 2〉에 주인공 마티 맥플라이가 2015년으로 시간 여행을 하는 내용이 나와요. 당시 공상으로 여겼던 화상 회의, 모바일 결제, 드론 촬영이 시금은 일상이 된 것을 보면 참 재밌습니다.

저는 혼합현실을 이용해 수만 명이 모인 콘서트장에서 공연하는 체험을 해보고 싶습니다. 관객 수만 명이 환호하는 모습, 그들이 무대에 선 나와 함께 노래하는 모습을 보면 어떤 기분이 들까요? 언젠가 기사에서 읽었는데 아이돌 가수가 콘서트를 하면서 느끼는 황홀감은 그 무엇과도 비교할 수 없다고 합니다. 그런 대규모 공연은 전 세계에서도 몇 명밖에 해볼 수 없는 경험일 테니, 혼합현실로라도 공연을 체험해보고 싶어요.

논나　솔직히 고백하자면 저는 현실적인 편이라 가상현실에 큰 관심이 없습니다. 평상시에도 '만약에' 같은 단어를 자주 쓰는 편도 아니고요. '지금 발을 딛고 사는 여기, 이 순간에 충실하자'가 제 생활신조거든요. 다만 혼합현실이 제가 원하는 어느 시기로 데려다준다면 이야기가 달라집니다.

저처럼 문화와 예술의 변천사에 관심이 많은 지인들과 타임머신을 탈 수 있다면 언제 어디로 갈 것인지 대화를 나눈 적이 있어요. 저는 주저하지 않고 제1차 세계대전이 일어나기 전인 19세기 말에서 20세기의 유럽으로 가보고 싶다고 했습니다.

그 시기는 이른바 벨 에포크belle époque, 즉 '아름다운 시절'이라 불리지요. 얼마나 다양한 아름다움이 만개했으면 그렇게 부를까요? 음악, 미술, 무용, 의상 등 예술이 총체적으로 다이내믹하게 융합 발전한 그 시기는 제 호기심을 자극합니다.

제가 좋아하는 오페라 〈투란도트〉〈나비부인〉의 작곡가 자코모 푸치니도, 프랑스 시인 장 콕토도, 새로운 미술사조를 이끈 러시아 출신 미술가 바실리 칸딘스키도 그 시대 인물이지요. 밀라노, 파리, 런던에서 제가 좋아하는 예술가들이 모인 비밀스러운 아지트를 방문하는 상상까지 하며 미소를 지어봅니다.

번아웃에 관하여

경신   어느 날 우연히 아파트 엘리베이터에 함께 탄 초등학생들의 대화를 엿들었습니다. 한 학생이 "나, 요즘 번아웃이야"라고 하자 곁에 있던 친구가 말없이 고개를 끄덕이더군요. 세상에, 초등학생인데!

번아웃은 극심한 육체적, 정신적 피로를 느끼다가 결국 열정과 성취감을 잃어버리는 증상입니다. 과로는 신체적 피로감 때문에 발생하고 충분히 휴식하면 사라지지만, 번아웃은 지속적 스트레스와 업무에 누적된 불만으로 발생하는 탓에 휴식만으로는 사라지지 않는다고 하네요. 그 초등학생들은 어쩌면 과로를 번아웃으로 오용했을 수 있어요. 언어의 쓰임이 어떠하든 초등학생마저 피로를 호소하는 현실이 웃프네요.

저도 번아웃을 경험한 적 있습니다. 〈밀라논나〉를 촬영할 적이었어요. 선생님을 만나면 즐거웠고 아미치들에게 사랑받아서 행복했습니다. 영상을 보면서 울고 웃었다는 댓글에 보람을 느꼈고요.

한데 문득 회사가 제 업무를 인정하는지, 제가 제대로 보상받고 있는지 회의감이 들기 시작했습니다. 눈뜨는 순간부터 잠자기 직전까지 머릿속을 업무 생각으로 꽉 채워 몰입하며 지냈는데 갑자기 허무하더라고요. 함께 일하는 후배들의 열정 덕분에 간신히 정신 줄을 잡았지만 심각한 우울감이 저를 괴롭혔습니다.

그 무렵 선생님도 제게 휴식이 필요하다고 말씀하셨어요. 그리고 회사에서 제 몸과 마음을 정비할 시간을 주었지요. 일터에서 멀리 떨어져 일을 지켜보니 다시 중심이 잡히더라고요. 회사에서의 평가가 제 인생의 평가는 아님을 자각하게 됐고요. 마음속 침울한 에너지를 싹 태워버리고 나니 다시 시작할 에너지가 서서히 채워지더군요.

논나　　과로가 누적되면 번아웃이 생기지요.

젊은 날 저는 아들 둘을 키우며 직장 생활을 했습니다. 친정, 시댁, 남편, 어느 누구도 여성의 사회생활을 환영하는 시대가 아니었어요. 제 역할에 소홀하다고 할까 봐 전전 긍긍했지요. 그때는 과로나 번아웃이 제 인생에 끼어들 수 없을 정도로 바빠 살았네요.

그러던 어느 날 번아웃이 왔습니다. 제 나이 쉰 살이었지요. 발을 동동거리면서 조바심을 내며 보낸 지 25년쯤 되던 시기입니다. 둘째 아들이 대학에 들어간 뒤였어요. '고3 엄마병'이라는 말을 들어봤나요? 고3 엄마는 아무도 건드리지 않는다지요. 잘못 건드리면 폭발할지도 모를 위험한 상태에 놓여 있기 때문입니다. 아들이 대학에 입학하면서 고3 엄마병이 사라졌고, 그제야 제 삶에 집중하려 했는데 웬일인지 열정이 샘솟지 않았습니다. 거대한 프로젝트를 완수하고 열정 상실을 호되게 겪었지요. 중압감에서 벗어나면 홀가분할 줄 알았는데 정반대였어요. 무기력이 쓰나미처럼 저를 제압했고 하고 싶은 일이 없었습니다. 한동안 좀비처럼 살았지요.

바닥을 찍고 나서야 서서히 마음근력이 생기더군요. 어느 날 거울을 보며 "결혼 전 꿈꾸던 인생을 살아보자"라고 결심했습니다. 그것을 실현하는 방법은 이탈리아로 떠나는 것이었어요. 그때부터 이탈리아와 한국을 오가며 살기 시작했지요.

인생이란 참 재미있습니다. 그때 번아웃이 와서 1년 중

반년을 이탈리아에서 살았는데, 그 경험이 없었다면 아마 '밀라노 할머니'도 없었을 거예요. 번아웃이 온 사람들이 제게 길을 물어온다면 저는 이렇게 말하고 싶습니다. 절대로 서두르지 말고 자신이 가장 좋아하는 상태, 가장 잘할 수 있는 일을 찾을 때까지 자신을 다독이며 기다리라고요. 자기 시간을 가지라고요. 자기 내면의 소리에 귀 기울여보라고요. 샘물도 다 퍼 올리면 다시 차는 데까지 시간이 걸리지 않나요?

소망 목록

<u>논나</u>   버킷리스트란 죽기 전에 꼭 하고 싶은 것들을 정리한 목록이지요. 단어의 유래가 궁금해 찾아보니, 중세 시대에 자살하거나 교수형에 처한 사람이 높은 곳에서 목에 밧줄을 감고 양동이를 차버리는 행위에서 나온 말이라고 하더군요. '죽기 직전에 양동이를 걷어찬다'라는 'Kick the Bucket'이라는 말에서 유래한 것이 버킷리스트bucket list 입니다. 다소 으스스한 이 단어를 국립국어원에서 '소망 목록'이라는 멋진 말로 바꿔 쓰길 권장한다고 합니다. 소망 목록이라 하니 훨씬 더 쉽게, 따뜻하게, 가볍게 하고 싶은 일을 해볼 수 있을 듯한 기분이 듭니다.

일흔 줄에 들어선 게 엊그제 같은데 벌써 두 해를 넘기

고 있습니다. 물론 몸은 예전과 같지 않습니다. 동작은 굼뜨고, 얼굴은 환한 빛을 잃어가고, 걸음걸이가 달라지고, 자태도 변했어요. 이는 당연한 일이지요. 하지만 노쇠한 상태로 100세까지 살아야 한다면 그건 그 어떤 형벌보다 무섭습니다.

기왕 살아야 한다면 매 순간 긍정적으로 사는 게 좋겠지요. 그래서 요즘 저에게 긍정적 최면을 거는 한 가지 방법을 찾아냈습니다. 바로 소망 목록을 재정비해 제게 꿈과 용기를 심어주는 것이지요. 체력은 떨어졌지만 아직 꿈꿀 수 있으니 괜찮습니다. 제 소망 목록을 몇 가지만 공유할게요.

첫째, 외국어 공부를 더 하고 싶습니다. 외국어 공부가 치매 예방에 도움을 주고 뇌의 노화 방지에 좋다고 하니까요. 영어 실력은 보잘것없어도 이탈리아어 실력만큼은 갖추려 노력 중입니다. 외화를 더빙 없이 원어로 보는 게 목표예요. 그리고 흰머리 할머니가 외국인을 안내하는 자원봉사를 하는 것도 꽤 괜찮아 보이지 않나요?

둘째, 영화 〈참을 수 없는 존재의 가벼움〉에 나오는 주인공 사비나처럼 다시 수영을 배우고 싶습니다. 몸도 유연해지고 척추 건강에도 좋다니 일석이조지요. 수영에 여러 번 도전했지만 물을 두려워하는 편이라 제 욕심만큼 백조처럼 헤엄치지 못했습니다.

이상은 저 자신을 위한 소망입니다.

셋째, 사랑이 고픈 청소년들을 품어주는 작지만 따스한 단체를 만들고 싶습니다. 젊은이들이 자신을 아끼는 법, 자연을 벗 삼는 법, 이웃을 사랑하는 법을 배울 수 있는 공간을 만들고 싶다는 막연한 꿈이 있습니다. 그곳은 유럽의 비영리자선단체 채러티숍charity shop 같을 수도 있고 동네 사랑방이나 독서실 같을 수도 있지요. 온종일 햇볕이 머물다 가는 곳, 화초가 드문드문 놓여 있고 기분 좋은 향기가 은은히 풍기는 안식처를 준비해 사랑이 고픈 젊은이들을 맞이하고 싶습니다. 그런 따스한 공간에서 제가 기력이 다하는 순간까지 젊은이들과 소통하며 에너지를 교류할 수 있다면 얼마나 행복할까요.

인생의 황금기를 보내는 젊은이에게는 어떤 바람이 있을지 경신 씨의 소망 목록이 궁금하네요.

경신　　너도나도 버킷리스트를 작성하던 때가 있었습니다. 저는 죽기 전에 하고 싶은 것들을 선별하기가 어려웠습니다. 아마 '죽기 전'이라는 말이 주는 비장함 때문이었을 겁니다. 버킷리스트를 소망 목록이라고 바꾸니 생각의 무게가 가벼워지네요.

선생님도 아시다시피 저는 재작년에 회사 연수차 1년 동안 미국에 머물렀습니다. 2006년 사회생활을 시작했고 그로부터 17년간 회사 일에 직진한 터라 선물처럼 주어진 1년이 주는 무게가 남달랐습니다. 한동안 없을 1년이라는 시간을 어떻게 알뜰하게 쓰고 의미 있게 채울지 고민했습니다. 결국 1년 동안 미국 15개 주 여행을 목표로 세워 완수했지요.

저는 예측 밖의 상황을 즐기지 않는 편이라 여행을 썩 좋아하지 않았습니다. 그런데 1년의 소망 목록에 여행을 올리고 나니 목표를 달성하겠다는 의지가 발동하더라고요. 목표를 달성하지 못할까 봐 한 달에 1주일을 규칙적으로 비워 여행을 다녔고, 그 덕에 많이 보고 배웠습니다. 제 경험상 스스로 작성한 소망 목록이 주는 힘은 분명 존재합니다. 제 인생 소망 목록은 이렇습니다.

첫째, 환갑 기념으로 지중해 크루즈 여행을 하고 싶습니다. 영화 속에 나오는 크루즈는 참 근사해요. 망망대해에서 뜨고 지는 해를 보는 장면, 세계 각지 사람들과 친구처럼 이야기를 나누는 장면을 그리면 뻣뻣한 마음이 부드러워집니다. 지중해 크루즈 여행은 최소 보름이더라고요. 20년 후 즈음엔 생업 부담을 떨치고 보름 이상 여행을 떠나도 괜찮은 경제적, 정신적 여유가 생겼으면 하는 바람입니다.

둘째, 몸으로 하는 취미를 만들고 싶어요. 몸을 쓸 줄 모른다는 콤플렉스가 있어서 그것을 극복하려고 다양한 운동을 배웠습니다. 한데 어느 것 하나도 취미라고 할 만큼 즐기는 경지에 이르지 못했습니다. 건강을 위해 반강제로 하는 운동 말고 그야말로 즐기면서 하는 운동을 꼭 한 가지 찾아내고 싶습니다. 지금 머릿속에 떠오르는 유력 후보는 춤입니다. 흥이 나는 곳에서 리듬에 몸을 맡긴 채 즐기는 제 모습을 상상하니 웃음이 나네요.

셋째, 부모님과의 시간을 영상으로 남기고 싶습니다. 동생이 아이를 낳자 부모님은 손녀 영상을 하염없이 보고 또 보더라고요. 크는 게 아쉽다면서요. 그런데 문득 '지금 부모님의 모습은 누가 기억하지?'라는 생각이 들었습니다. 지금 부모님과 함께 보내는 시간도 다시는 돌아오지 못할 시간이잖아요. 나중에 부모님의 모습을 온전히 기억하지 못하면 어쩌나 싶어 걱정스럽습니다. 이제부터라도 부모님과 함께하는 소소한 시간을 기록으로 남겨야겠습니다. 그런 의미에서 〈밀라논나〉 영상은 선생님의 두 아들에게 커다란 선물이 될 겁니다.

제 소망 목록을 적고 보니 남은 시간이 길면서도 짧군요. 일단 소망 목록을 동력 삼아 달려야겠습니다. 막연하던 인생 방향이 조금은 잡힌 듯합니다.

광활한 책의 세계

경신　책은 가성비 측면에서 인생의 폭을 넓히는 최고의 수단이지요. 한 분야의 전문가가 수십 년에 걸쳐 체득한 지식과 깨달음을 방 안에 앉아 구할 수 있다니, 얼마나 감사한 일인지요. 내 삶에서 만나본 적 없는 삶을 소설을 읽으며 체험할 수 있다니, 얼마나 흥미진진한지요. 책은 헤아릴 수 없을 만큼 다양해서 마음대로 골라 읽는 재미가 있어요.

저는 조지 오웰이 쓴 《동물농장》을 좋아합니다. 고등학생 때는 이 책을 공산주의와 혁명을 다룬 우울한 정치 풍자 소설로 생각했어요. 비참한 동물이 되지 않으려면 어떻게 맞서야 할지 자문해보기도 했고. 지금은 이 책을 인간 사회의 본질을 꿰뚫는 봉찰이 담긴 명작이라 생각해요.

권력자가 어떻게 대중을 통제하고 지배하는지, 집단이 왜 이상 실현에 실패하는지, 그 과정에 대한 묘사와 묘파가 흥미롭습니다. 아마 지구상에 인간이 존재하는 한 계속되는 일이겠지요. 기득권을 놓치지 않으려는 권력자를 보면서 혀를 차며 '관심 꺼야지' 다짐하지만, 사실 우리 생활의 모든 것은 정치와 닿아 있잖아요. 심지어 회사 생활까지도요. 이 책을 다시 읽을 때마다 제 주변의 인간 군상을 떠올리게 됩니다.

논나　　저는 심리학과 인문학 서적을 즐겨 읽습니다. 문득 책 두 권이 떠오르네요.

인도 최초의 총리인 자와할랄 네루가 쓴 《세계사 편력》을 읽고 인문학에 관심이 더 생겼어요. 영국에 맞서 독립운동을 하다가 여섯 차례 투옥된 네루 총리가 3년간 딸 인디라 간디에게 보낸 편지 196편을 엮은 책이지요. 지극한 부성애뿐 아니라 한 인간의 방대한 지식을 엿볼 수 있습니다. 이 책을 읽으니 네루 총리를 향한 존경심이 절로 흘러나오더군요.

또 20대 초반에 에리히 마리아 레마르크의 《개선문》을 재밌게 읽었어요. 이 책은 영화로도 만들어졌지요. 제2차 세계대전 당시 전운이 감도는 암울한 파리에서 살아가는 사람들의 이야기를 다룬 소설입니다. 폭력과 고통이 계속되는 그 절망적 현실에서 우리가 소중하게 생각해야 할 것은 사랑과 우정임을 알려주었지요. 이 책은 대학 시절에 유럽 유학을 꿈꾸던 제 감성을 단박에 사로잡았습니다.

이 소설의 남자 주인공 라비크는 나치스를 피해 독일을 탈출한 인물입니다. 본래 베를린 소재 커다란 병원의 유능한 산부인과 의사였으나, 나치스에게 쫓겨 파리 뒷골목에서 외과의 생활을 하지요. 그러나 망명자 신세라 면허가 없어 불법 임신중절로 생계를 이어갑니다. 그는 현실과 이상의 괴리에 우울감과 비참함을 떨치고자 단골 바에 가서 좋아하는 술 '칼바도스'를 마십니다.

1979년 제가 파리에 갔을 때, 그 칼바도스의 맛이 궁금해 '바'로 달려가, 칼바도스를 주문하며 속으로 환호했어요. 20대 초반 《개선문》을 읽었을 때는 라비크와 여자 주인공 조앙 마두, 또 다른 여자 주인공 케이트의 달콤한 감정에 몰입했습니다. 40대 초반 다시 읽었을 때는 주인공 라비크의 삶의 무게와 허무함이 가슴으로 느껴지고, 그를 향한 동정심이 끓어올라 책을 덮고 한참 허공을 바라본 기억이 있습니다.

정서적 허기

경신　언젠가 선생님이 질문하셨지요.

"혼자 앉아 밥 먹는 영상은 왜 인기가 있는 거예요?"

먹방이 인기를 끌기 시작한 지도 어언 10년이 넘었네요. 처음에는 주로 치킨 열 마리, 라면 스무 봉지, 피자 다섯 판 등 일반인이 소화할 수 없는 양을 앉은자리에서 먹어 치우는 영상이 인기를 끌었습니다. 그러다 양은 많지 않아도 음식을 맛있게 먹고 그 소감을 나누는 영상이 인기를 끌기 시작하더라고요.

누군가는 이처럼 먹는 방송을 '푸드 포르노'라고 평가합니다. 푸드 크리에이터는 인간의 원초적 욕구인 식욕을 자극해 폭식하게 만듦으로써 건강을 망치는 해로운 존재라고요. 저는 먹방이 인기를 끄는 데는 다른 이유가 있다고 생각합니다. 먹방이 현대인의 외로움을 달래주는 마취제로 쓰인다고 보거든요.

밥상에 둥그렇게 모여앉아 밥을 먹는 풍경은 이제 흑백 풍경이 되었어요. 한집에 살아도 각자 식사를 차려 먹는 일이 흔합니다. 인스타그램에 들어가 친구의 겉모습은 자주 접하나, 그들의 속마음이 어떤지는 잘 모르는 경우가 많습니다. 이래저래 '혼밥'을 자주 하기도 하고요. 그러니 마음이 영 헛헛할 수밖에요. 현대인은 먹방을 보며 외로움을 달래는 게 아닐까요?

논나 먹방이 외로움을 달래준다니 생각지도 못했어요. 외롭지 않은 인간은 없어요. 저도 마찬가지고요. 인간의 근원적 외로움은 남이 달래줄 수 없다고 생각해요. 그저 스스로 견딜 뿐.

지금은 신앙의 힘으로 안정을 찾았지만, 한때 저도 외로움을 아주 많이 느꼈답니다. 정호승 시인의 〈수선화에게〉를 읽다가 폭풍 같은 눈물을 쏟은 적도 있어요. '외로움은 하느님조차 피해 갈 수 없다는데 내가 무슨 수로 외로움을 이기겠는가?' 이렇게 생각하니 한결 편하더라고요.

저는 어머니의 사랑에 목말랐어요. 어머니의 사랑 결핍

이 저를 자극할 때마다 정서적 허기를 느껴요. 헛헛함이 저를 덮치면 그걸 관조하려 노력합니다. 내가 어떤 상황에 놓이면 특히 외롭다고 느끼는지, 그 상황이 내게 주는 좌절감은 무엇인지 가만히 느껴보는 거지요. 그리고 그 감정을 있는 그대로 인정하려 합니다. 내 감정을 인정하는 것만으로도 허기를 견딜 수 있더라고요.

제가 외로움을 느끼지 않게 됐다거나 그것을 극복했다는 뜻은 아닙니다. 저는 여전히 외로움을 느낍니다. 하지만 그것에 압도되지는 않아요. 외로운 감정이 슬며시 올라오면 스스로 그걸 알아채고 나와 놀아줍니다. 운동, 독서, 산책 등 혼자 노는 방법은 다양합니다. 외로움에 발목 잡히지 않고 혼자서도 잘 노는 사람이 정서적으로 건강한 사람이 아닐까요?

삶
의

무
게

경신　　몇 년 전, 꽃봉오리가 하나둘 터지던 봄날이었습니다. 그날 제휴사에 찾아가 회의를 하기 전까진 날씨도 기분도 유난히 맑았습니다. 누군가가 '요즘 세상에 갑이 어디 있고 을이 어디 있는가?'라고 묻는다면, 현실에는 여전히 갑도 있고 을도 있다고 대답하렵니다.

그날 저와 선배 그리고 후배 두 명은 을의 처지로 제휴사에 찾아가 머리를 조아리고 앉았습니다. 제 또래인 제휴사의 담당 직원, '미스터 갑' 님은 회의 과정에서 마음에 들지 않는 부분이 있었는지 별안간 예순 살이 가까운 제 선배에게 큰소리로 외쳤습니다.

"그거 돈 몇 푼도 되지 않아 제가 그냥 드리려고 했는네,

그렇게 말씀하시니 줄 맘이 싹 사라지네요."

제아무리 갑이라지만 너무 무례했습니다. 갑 님이 제게 한 말이 아니었는데도, 그 말을 듣고 제 마음속 퓨즈가 툭 끊기는 듯했어요. 인품과 실력이 출중한 선배는 잠시 침묵하더니 "허허" 하고 웃었지요. 그날 회의를 마치고 나온 우리는 서로 한마디도 하지 않았습니다. 아무 말도 할 수가 없었습니다.

그렇게 마음이 너덜너덜해진 채로 지하철을 탔습니다. 발 디딜 틈도 없는 만원 지하철에 선배 또래의 남성이 보이더군요. 그 남성의 하루는 어땠는지 모르겠습니다만 어깨가 한껏 처진 것처럼 보였습니다. 그날 제 기분 탓이겠지요.

퇴근 후 집으로 돌아오자마자 아버지에게 전화를 걸었습니다. 딸이 잘 지내는지 늘 걱정인 아버지에게 "밥 잘 먹고, 잘 지내고 있어요. 걱정 마세요"라고 안부를 전하다가 그만, 참지 못하고 불쑥 말이 튀어나왔습니다.

"아버지는 어떻게 회사를 30년 넘게 다니셨어요?"

딸의 갑작스러운 질문에 아버지는 낮에 본 제 선배처럼 그저 "허허" 웃으셨어요. 저는 며칠 동안 그 웃음이 떠올라 심장이 아렸습니다.

논나   갑이라 칭한 그를 생각하니 분노가 올라오네요. 직장 예산으로 지급하는 것을 마치 자기 돈을 주는 것처럼 말하다니, 참으로 오만방자한 태도네요. 제가 그 자리에 있었다면 민망하고 수습하기 어려운 상황을 연출했을지도 모른다는 상상까지 해봅니다.

철없이 함부로 촐싹거리며 날뛰는 사람을 '천둥벌거숭이'라고 하지요. 옛 어른들은 세상 물정 모르는 순진한 인간 유형을 천둥벌거숭이라고 부르셨어요. 순진함이 남아 있으면 개과천선할 가능성이 있겠지만 그렇지 않다면 남은 인생을 어찌 살아갈지 한편 걱정스럽기도 합니다.

잠시 침묵하다가 "허허" 웃었다니 그분은 '참어른'이네요. 내색하지는 않았지만 속으로 '하룻강아지에게 무슨 대꾸를 하리'라고 생각하며 어른다운 인내심을 발휘한 게 아닌지 미루어 짐작해봅니다.

만약 그 선배가 갑 님의 말에 발끈했다면 프로젝트를 망치진 않았을까요? 분노를 표현해 함께 있는 후배들을 안절부절못하게 만들지는 않았을까요? 경신 씨가 복이 많네요. 참어른과 함께 사회생활을 하니까요. 그런 어른에게 삶에서 마주칠 수 있는 혐오스러운 상황에 의연하게 대처하는 방법을 배워 흡수하기 바랍니다.

갑질 상황을 요령껏 피하는 지혜도 살면서 배워야겠지요. 참으로 삶의 무게가 꽃잎처럼 가볍지 않습니다.

운때가 있을까

논나   제가 사주를 본 적 있다는 말을 했던가요? 40대에 우연히 한의원에 갔는데 한의사가 사주 공부를 하고 있다며 봐주더라고요. 그때 해주는 말을 재미 삼아 귀 기울여 들었지요.

제 미래에 관한 두 가지 이야기가 떠오릅니다. 하나는 제가 100만 대군을 거느리고 세상을 떠들썩하게 할 거라는 말입니다. 40대면 제가 한창 두 아이를 키우며 회사에 다니던 시절이니 100만 대군을 거느린다는 말이 얼마나 황당하게 들렸겠어요. 그런데 시간이 지나고 보니 100만 구독자가 있는 유튜버가 될 거라는 뜻이었나 싶기도 하네요. 물론 귀에 걸면 귀걸이, 코에 걸면 코걸이 격이기는 합니다.

다른 하나는 제가 나라를 움직일 거라는 말이었어요. 이 부분은 영 틀린 것 같습니다. 정치 쪽으로는 전혀 뜻이 없으니까요. 이 두 가지를 놓고 봤을 때 그분이 봐준 사주가 맞았다고 해야 할까요, 틀렸다고 해야 할까요? 일단 저는 사주가 제 인생을 예언했다고 생각하지는 않습니다.

느닷없이 사주 이야기를 꺼낸 이유가 있습니다. 얼마 전 홍대 근처에 약속이 있어서 나갔어요. 그런데 거리를 걷다가 한 가지 특이한 점을 발견했습니다. 타로 사주 카페가 수십 군데나 있더라고요. 그 많은 가게가 과연 운영이 될까 싶었는데 꽤 많은 사람이 드나들고 있었어요. 젊은이들이 많이 지나다니는 거리니 그 많은 점집의 수요층은 대부분 젊은이겠지요.

알다시피 제 종교는 천주교지만 다른 종교와 철학에도 마음을 열어두고 있습니다. 제각기 방법은 달라도 그 모든 것이 사람을 이해하려는 시도라고 보거든요. 그나저나 요즘 젊은이들은 어떤 점을 고민하고 무엇이 알고 싶어 점집을 찾아갈까 궁금하네요.

경신　　저도 재미 삼아 사주를 본 적이 있습니다. 선생님이 왜 사주를 보러 가는지 궁금해하시니 이제야 그 이유를 생각해봤어요.

가장 먼저 떠오른 단어는 '불안'입니다. 저는 40대가 되었어도 여전히 불안감을 느끼거든요. '내 인생의 기회가 언제 올까?' '온다면 그걸 어떻게 알아볼 수 있을까?' '혹시 이미 놓친 건 아닐까?' 하는 궁금증이 있는 겁니다. 그 기회라는 건 진로일 수도, 인연일 수도 있어요.

많은 사람이 그러한 불안과 관련해 누군가와 이야기하고 싶어 하는 듯합니다. 심리 상담을 받는 게 흉이 아닌 시대긴 하지만 여전히 정서적 문턱이 높은 편이거든요. 병원에 방문하는 것 자체가 뭔가 큰 문제가 있다는 걸 인정하는 것처럼 느껴지기도 하고요. 대개는 점괘에 큰 의미를 두기보다 누군가에게 자기 이야기를 털어놓고 제3자의 관점에서 해설이나 조언을 듣고 싶은 마음일 겁니다. 아마도 선생님이 본 그 많은 점집 중 상당수는 상담소 기능을 대신하는 게 아닌가 싶습니다.

한 가지 재미있는 이야기를 해볼까요? 저는 선생님을 만난 이후로는 더 이상 점을 보러 다니지 않습니다. 그동안 점집을 몇 번 가봤어도 '내 기회가 언제 올지' 시원한 답을 구하지 못했거든요.

그런데 선생님을 보고 깨달았어요. 매 순간 정성껏 살면 운이 찾아왔을 때 비껴갈 일이 없겠구나 하고요. 선생님은 은퇴 후에도 평생의 습관대로 열심히 사셨을 뿐이잖아요.

자신을 가꾸고, 주변을 정돈하고, 봉사하고, 항상 준비되어 있었기에 〈밀라논나〉 프로젝트가 다가왔을 때 비껴가지 않고 빛을 발한 것 같아요. 그 모습을 보며 현재를 위한 노력을 미뤄두고 점을 보며 내게 올 운을 기다리던 제 행동이 부끄럽게 느껴졌습니다. 이토록 커다란 깨달음을 선물 받았으니 아무래도 저는 상담료를 선생님에게 드려야겠어요.

여행의 교훈

경신　　30대까지만 해도 여행을 사치라고 생각했습니다. 여행으로 무언가를 크게 얻거나 배운 기억이 없었거든요. 피로를 푸는 휴양 목적으로 다녔기 때문이지요.

그런데 마흔 살에 회사 연수차 미국에 1년간 머물 기회가 생기면서 진짜 여행을 처음 알게 되었지요. 그때 훌륭한 여행 메이트 지혜를 만났거든요. 그 친구와 10시간씩 차를 타고 대륙의 끝없는 사막도 보고, 미국 최고 부자들이 거주하는 동네에 머물러보기도 했습니다. 유수의 대학에서 학생이 직접 안내하는 캠퍼스 투어도 해보고요.

그중 가장 큰 울림을 준 곳은 뉴올리언스입니다. 그곳은 미국 남부 루이지애나주 미시시피 강변에 위치한 항구 도

시인데 거기서 재즈가 탄생했다고 합니다. 가기 전 급히 알아보니 재즈는 뉴올리언스의 흑인과 크리올이 연주하던 음악으로 연주자가 현장에서 변주하는 것이 매력이라고 하더군요. 그 재즈의 매력을 제가 직접 느낀 작은 사건이 있었습니다.

음악을 사랑하는 사람들의 지상낙원으로 불리는 뉴올리언스에서 다양한 문화의 매력에 푹 빠져 이곳저곳을 누비다가 좁은 골목길을 지나던 때였어요. 때마침 한 공연단이 재즈 연주를 시작하는 게 아니겠어요. '오, 이것이 말로만 듣던 재즈 거리 연주구나' 싶어 반가운 마음에 저도 자리를 잡고 음악을 듣기 시작했습니다. 저 같은 몸치도 몸을 들썩일 만큼 흥겹더라고요.

그런데 갑자기 트럭이 나타나 경적을 울려대는 게 아니겠습니까. 길을 비켜달라는 거였지요. 절정에 다다른 연주에 제대로 찬물을 끼얹은 상황이었습니다. 어쩌나 하고 지켜보고 있는데 연주자들이 아무렇지 않은 듯 빙긋 웃으며 그 자동차 경적을 박자 삼아 연주하면서 자리를 이동하는 게 아니겠어요?

연주자들의 대응을 본 저는 머쓱했습니다. 경적이 울리자마자 저는 '왜 하필 도로에 자리를 잡았지? 공연 망했네'라고 부정적 생각을 먼저 떠올렸거든요. 사실 저는 그런 돌발 상황을 극도로 경계합니다. 그래서 늘 '만약의 만약'까지 고려하며 준비하는 편이에요. 그렇게 준비했음에도 불구하고 사고가 터지면 멘털이 와장창 깨져버리지요. 하지만 뉴올리언스의 악단을 보곤 돌발 상황이 발생해도 새로운 장단에 나를 맞출 수 있고 그 또한 즐길 수 있음을 깨달았어요.

마틴 루서 킹 주니어는 "여행은 삶에 보이는 편견과 무지를 없애는 가장 좋은 방법이다"라고 말했다지요. 뉴올리언스에서의 그 경험은 경직된 제 사고방식을 환기하게 해준 멋진 순간이었습니다.

논나　뉴올리언스에서 그런 감정을 느꼈군요. 그렇게 무방비 상태인 내게 평소에 느낄 수 없는 감정과 교훈을 주는 것이 여행의 매력인 듯합니다. 그래서 저도 여행을 좋아하지요. 저는 유럽, 그중에서도 이탈리아에 오래 체류했기에 그 주변 국가를 많이 둘러보았습니다. 제가 선호하는 여행지는 견문을 넓히기에 좋은, 역사가 깊고 특색이 있는 곳입니다.

여행을 많이 다녔지만 제게 가장 큰 충격을 준 장소는 두 곳입니다. 2011년 12월에 방문한 아프리카의 카메룬과 2012년 다녀온 인도가 그곳입니다. 60대 초반에 아프리카와 인도에서 다양한 문화를 접하며 저는 사람살이에 관한 편견과 무지가 무너지는 경험을 했습니다.

사실 카메룬은 단지 여행만을 위해 방문한 것이 아닙니다. 가장 큰 목적은 그곳에 고아원을 세우는 데 있기에 수녀님들과 동행했지요. 일정을 소화한 뒤 카메룬 사람들의 삶을 들여다볼 수 있었습니다. 피그미 마을을 방문했을 때의 기억이 생생합니다. 어른들은 넝마 조각으로 몸의 치부만 살짝 가렸고 아이들은 완전히 누드였지요. 강가에서 물고기를 잡거나 바나나를 따서 먹는다고 했습니다. 또 거처라고 해봐야 나뭇잎을 엮어 비를 피하는 형국이었지만 그 부족의 분위기는 밝고 행복해 보였습니다. 21세기에 아직도 원시 시대의 방식으로 생을 연명하는 종족을 보며 '인간에게 물질이란 무엇일까'라는 질문을 스스로에게 수없이 했지요.

인도 여행은 환갑을 기념해 다녀왔습니다. 어릴 적부터 인류 문명의 4대 발상지에 꼭 가보고 싶었거든요. 중국과 인도는 방문했으니 소원을 반쯤은 이룬 셈입니다.

무척 기대했던 인도 여행이었지만 정작 방문해서는 형언하기 어려운 복잡한 감정을 느낄 수밖에 없었습니다. 알다시피 인도에는 카스트라는 신분 제도가 존재합니다. 그들은 전생에 업을 잘 쌓은 이들은 최상위 계급인 브라만으로 태어나고 또 업을 잘못 쌓은 이들은 불가촉천민으로 태어난다고 믿는 까닭에 그 계급 사회를 계속 유지하고 있다고 들었습니다.

갠지스강에서 부자들이 조상들을 위해 제사를 지내고 있더군요. 그 행사의 화려함과 규모에 놀라움을 금치 못했습니다. 그런데 바로 옆의 불가촉천민은 길거리에서 객사하거나 성폭행을 당한 채 죽어도 아무도 관심을 보이지 않는다니, 안타까웠습니다.

물론 그 나라의 전통이자 문화니 있는 그대로 받아들여야 한다는 것쯤은 알고 있습니다. 하지만 인간의 '최소한의 존엄성'마저 무너지는 것에 정말로 아무런 죄의식이나 측은지심이 없는지 의문이 들었습니다.

사람을 공부하는 사람

경신　　20대 때 격투기 스타 표도르 예멜리야넨코에 열광했습니다. 표도르의 무표정이 제 눈길을 사로잡았거든요.

얼핏 보면 격투기는 거칠고 야만적입니다. 상대의 약점을 집요하게 파고들어 항복을 받아낼 때까지 공격성을 드러내야 하니까요. 하지만 알고 보면 격투기에 룰이 있어요. 그 룰 안에서 선수들은 치열한 수 싸움을 합니다.

경기가 시작되면 관객 수천 명이 함성을 지르고 야유를 퍼붓습니다. 제가 본 격투기 선수는 대부분 잔뜩 흥분했어요. 전략적으로도 경기 전 인사를 나눌 때부터 상대의 평정심을 흔들기 위해 거친 말과 과장스러운 행동을 하거든요. 그런데 표도르는 그럴 때조차 다른 세계에 있는 사람처럼

고요했지요. '감정 동요 없음'을 형상화한 인간이랄까요? 그런 표도르는 많은 경기에서 압승했어요. '역사상 가장 위대한 파이터'라고 불릴 정도니까요.

표도르의 감정 관리법을 배우고 싶어요. 왜냐면 저는 표정 관리가 안 되거든요. 기쁨도 슬픔도 분노도 곧바로 얼굴에 드러납니다. 감정을 쉽게 드러내는 바람에 곤란하거나 피곤해진 적이 많아요. 세상은 늘 잔잔한 호수 같지 않고 폭풍이 밀려오면 감정이 요동치잖아요. 그런데 표도르는 격투기의 폭풍 속에서도 평정심을 잃지 않았어요.

사람은 자기에게 없는 매력을 지닌 사람에게 빠진다는 말이 딱 맞는 것 같습니다. 20년이 지난 지금도 저는 여전히 마음이 고요한 사람을 동경합니다.

논나 　사람은 자기 삶의 지향점과 관련이 있는 것에 관심을 기울이지요.

어느 날 3천 원짜리 김치찌개를 판매하는 식당이 있다는 뉴스를 접했습니다. 적어도 만 원 한 장은 있어야 한 끼 식사가 가능한 요즘, 그 가격에 식사할 수 있다니 놀라웠지요.

그 식당 사장님은 이문수 가브리엘 신부님입니다. 2015년 고시원에서 살던 한 청년이 지병과 굶주림으로 고독사했다는 소식을 접하고 청년들이 벼랑 끝에 서지 않도록 언제든 부담 없이 올 수 있는 청년밥상 '문간'을 만드셨지요.

우연한 기회에 이문수 신부님을 만났는데, 어려운 이웃이 밥 한 끼라도 따뜻하게 먹고 힘을 내길 바라는 마음으로 식당을 시작하셨다고 하더군요. 메뉴도 가능하면 어머니가 해주시는 집밥의 느낌을 내고 싶어 김치찌개로 고르셨다고 합니다. 그 따뜻한 마음의 깊이를 가늠할 수 있을까요.

요즘 이문수 신부님은 보육원을 퇴소하는 청년들을 돕고 있다고 합니다. 저 역시 가장 크게 관심을 두고 있는 일이지요.

문득 고 이태석 신부님이 떠오르네요. '남수단의 슈바이처'로 불리는 이태석 신부님은 톤즈에서 헌신적으로 봉사하고 마흔일곱 살에 세상을 떠나셨지요. 이태석 신부님을 떠올리면 '내면의 선한 에너지가 세상을 아름답게 하는구나'라는 생각이 들어요.

사람은 사람을 괴롭히기도 하지만 사람은 사람에게 배웁니다.

남을 흉내 내기보다
내가 편해야지요

5부

입고 먹고 살기

제대로
멋을 내고 싶은 날

경신　화룡점정畵龍點睛이라고 하지요. "용을 그린 뒤 마지막에 눈동자를 그려 완성한다"라는 뜻의 그 고사성어를 패션에 대입해보면 이렇습니다. "옷을 입은 뒤 마지막에 액세서리를 착용해 완성한다."

선생님의 패션은 팔찌로 완성되지요. 옷에 맞춰 점 하나를 더한다고 생각하면 무엇이 어려울까 싶겠지만, 막상 액세서리를 하려고 하면 어렵습니다. 어떤 액세서리가 제게 어울리는지도 통 모르겠어요. 귀걸이나 목걸이, 팔찌를 착용한 거울 속 제 모습은 어쩐지 남의 옷을 입은 사람처럼 어색합니다. 그래서 저는 평상시 액세서리를 잘 착용하지 않아요.

그런데 살다 보면 차림새에 더 힘을 주고 싶은 날이 있습니다. 그럴 때 자신감을 불어넣을 멋진 스타일링 팁이 있을까요?

논나   저는 액세서리 중에서도 특히 팔찌를 좋아합니다. 찰랑거리는 팔찌 소리가 좋아서요. 이탈리아 유학 전에는 작은 귀걸이나 반지 정도만 착용했어요. 이탈리아에서 유학을 하며 팔찌를 착용하기 시작했지요. 제각각 사연이 있는 팔찌를 즐겨 착용하는 이탈리아인의 모습이 좋아 보였거든요. 저도 그들을 따라 한두 개씩 장만하다 보니 어느새 팔찌 수집가가 되었답니다.

이탈리아인은 부모님이나 배우자가 먼저 세상을 떠나면 유품을 애지중지하며 끼고 다닙니다. 정서적 추억이 깃든 액세서리를 소중히 여기는 것이지요. 저도 친정어머니가 즐겨 사용하시던 브로치와 반지를 귀하게 여깁니다. 디자인이 구닥다리라도 개의치 않고 자랑스레 끼고 다니지요.

제게 액세서리를 어떻게 착용하는 것이 좋냐고 묻는 사람들이 있습니다. 그들에게 건네는 대답은 한결같습니다.

"마음이 가는 대로 하세요."

스스로 많이 경험해봐야 어떤 것이 자기에게 어울리는지 판단할 수 있어요. 액세서리를 주렁주렁 착용할 때 기분이 좋아지면 주렁주렁 착용하고, 거추장스럽다고 느끼면 단출하게 연출하세요. 저마다 삶의 역사는 다릅니다. 꼭 액세서리를 해야만 멋쟁이가 되는 것도 아닙니다. 내 취향이 아닌 액세서리를 하면 자세와 표정이 어색해지고 맙니다.

내가 편안하게 느끼고 만족스러운 차림새가 최고입니다. 편안해야 당당해지고 당당해야 매력 있어 보이거든요.

검은색 옷만 가득한 옷장이라면

경신　제 옷장을 열어보면 검은색 옷이 일렬로 줄을 서 있습니다. 검정 코트, 검정 슬랙스, 검정 니트, 검정 블라우스, 검정 원피스. 철마다 입을 만한 옷을 다양하게 골라 샀다고 생각했는데 이상하게도 걸려 있는 옷은 모두 검은색입니다.

왜 검은색 옷만 사느냐고 묻는다면 제 나름대로 이유는 있습니다. 화려한 색의 옷을 입으면 사람들이 저를 주목하는 것 같거든요. 내게 어울리지 않는 옷을 입은 건 아닌지 의식하기 시작하면 곧 마음이 불편해집니다. 그런데 검은색 옷을 입으면 다른 사람들과 섞여 스며들어요. 튀지 않는다는 게 가장 큰 장점입니다.

또 다른 이유는 어느 자리에 가도 제법 갖춰 입은 느낌이 나기 때문입니다. 다른 여러 가지 색과 함께 걸쳐도 이상하지 않고요. 흰색 티, 회색 니트, 핑크색 카디건 등 어느 옷에도 다 잘 어울리는 색이 검은색이니까요. 거기에다 그럭저럭 체형을 감춰주는 느낌도 있고요.

그렇지만 저는 검은색 예찬론자가 아닙니다. 좀처럼 검은색에서 벗어나지 못하는 걸 고민하고 있습니다. 봄을 맞이해 산뜻한 색으로 갈아타자고 마음먹고 백화점을 돌고 돌아도 어찌 된 노릇인지 결국 쇼핑백 안에 있는 것은 또 검은색 옷입니다. 이 검은색의 지옥에서 빠져나올 방법이 있을까요?

논나　화려한 패션 거리를 걸을 때도, 미술관에 갈 때도 가장 먼저 눈에 들어오는 건 색이잖아요. 색을 이야기할 때 항상 떠오르는 이탈리아의 쌍두마차 같은 디자이너가 있어요. 바로 잔니 베르사체와 조르지오 아르마니랍니다.

이제는 고인이 된 잔니 베르사체가 한 말이 있어요.

"나는 이탈리아 남부 출신으로 잡종의 피가 섞인 사람이다. 아프리카, 라틴, 게르만, 중동 등의 문화가 만나는 용광로가 내 고향 칼라브리아이며 그곳은 사시사철 기화요초가 만발한다. 그래서 나는 대담한 색의 향연을 즐긴다."

실제로 베르사체 컬렉션은 늘 대담한 색으로 가득 채워졌지요.

조르지오 아르마니가 한 말도 기억나네요.

"나는 겨울이면 언제나 안개가 끼어 모든 색이 희미하게 보이는 피아첸차 출신이다. 밀라노의 남부 평야 한가운데에 자리한 피아첸차의 겨울은 마치 필터를 통해 보는 풍경처럼 모든 색깔을 파스텔 톤으로 만든다."

제가 두 디자이너의 말을 장황하게 늘어놓는 이유는 결국 자신을 구성하는 모든 요소를 집대성한 것이 개성으로 이어진다고 생각하기 때문이에요. 옷이 검은색 일색이라고 염려하는데, 사실 유럽이나 미국의 유명 디자이너와 아티스트 중에는 검은색을 선호하는 사람이 많습니다. 화려한 패션쇼의 마지막에 잠깐 등장해 손을 흔들고 퇴장하는 디자이너도 위아래 모두 검은색으로 맞춰 입는 경우가 많고요. 한번은 제가 아는 유명한 인테리어 디자이너에게 검은색 옷만 고집하는 이유를 물어본 적이 있습니다. 그는 "내 옷을 신경 쓸 만큼 여유가 없어요. 내 모든 신경을 작업에만 쏟고 싶어요"라고 답하더군요.

그러니 어떤 색을 즐겨 입든 그건 큰 문제가 아니라고 생각합니다. 무의식 중에 고르는 색이 검은색인데 그것에서 탈피하고 싶다면 자신에게 진지하게 "왜?"를 자주 질문해보세요.

왜 나는 계속해서 검은색을 고집하는가? 검은색은 내 내면의 어떤 부분과 연결되어 있는가? 왜 나는 검은색에서 탈피하고 싶어 하는가? 탈피하고 싶으면서 왜 망설이는가? 그 두려움의 근원은 뭘까? 마치 예술가들처럼 자신과 많이 대화하면서 정체성을 확립해가는 것도 재밌지 않나요?

덧붙여 제가 하고 싶은 이야기는 겁내지 말고 뭐든 행동으로 옮겨보라는 거예요. 다양한 색깔의 옷을 입어보는 게 누구에게 해악을 끼치는 행동은 아니잖아요? 시도해보고 마땅치 않으면 그때 다시 옷장에서 검은색 옷을 꺼내 입어도 되잖아요. 뭐든 해봐야 후회가 없답니다.

역사가 있는 옷

경신　"이거 한번 입어볼래요? 내가 입던 옷인데 잘 어울릴 것 같아서요. 깨끗하게 빨았어요."

어느 날 선생님은 제게 곱게 다린 셔츠 한 벌을 건네셨습니다. 다림질한 하얀 셔츠는 30년 세월이 무색하게 잘 관리한 흔적이 역력하더라고요. 한 해 전 제가 산 셔츠보다 더 빳빳하고 하얘서 민망하기까지 했어요.

'올드 머니 룩'이 유행입니다. 올드 머니 룩이란 자산이 많아 대대로 상속받는 상류층을 뜻하는 '올드 머니Old Money'와 '룩Look'을 조합한 단어지요. 소재가 좋고 브랜드 로고를 강조하지 않으며, 클래식한 스타일이 특징입니다. 올드 머니 룩을 달리 부르면 '밀라논나 스타일'이지요.

처음에는 선생님의 고급 컬렉션을 보고 '지금도 이렇게 깨끗하고 상태가 좋은 걸 보니 비싼 것인가 보네?'라고 생각했어요. 하지만 촬영하며 선생님의 내밀한 살림을 하나둘 구경하면서 값비싼 것이 고급진 것이 아니라 세월과 사연, 추억과 정신이 깃든 것이 고급이라는 생각이 들었습니다.

논나　저는 검소함을 강조하는 환경에서 자랐습니다. 일제강점기에 몰락한 양반의 후손인 친할머니는 매사에 알뜰하고 엄격하셨습니다. 한국전쟁 시기 삯바느질해 번 돈을 가계 살림에 보탰다는 친할머니의 정서가 제게 큰 영향을 끼쳤습니다. 제가 소중히 간직하는 조각보는 친할머니가 삯바느질할 때 남은 자투리 천을 모아 만드신 것이지요.

할머니는 어린 제게 물건 구입 요령을 귀가 닳도록 들려주셨습니다.

"지지한 물건 여러 개 사는 것보다 하나라도 제대로 된 물건을 사서 오래 쓰는 게 실속 있는 것이다."

이런 속담이 있지요? "세 살 적 버릇이 여든까지 간다." 언뜻 보면 보잘것없는 조각보를 제가 소중히 간직하는 이유는 친할머니와 공유한 경험, 친할머니를 향한 그리움 때문이 아닌가 싶습니다.

옷이란 무엇일까요? 오래전 밀라노에서 학교 동창 소개

로 프랑코 이아카시라는 멋진 신사를 알게 되었어요. 세계 각국 유명 디자이너들은 프랑코의 스튜디오를 찾지요. 그의 스튜디오는 의상 박물관 같습니다. 유명 디자이너들의 의상이 연도별로 진열되어 있을 뿐 아니라 의생활의 역사가 담긴 고서적도 가득하지요.

유행은 돌고 돌잖아요. 과거의 유행을 재소환해 지금의 트렌드라 부르기도 하지요. 샤넬이나 크리스티앙 디오르처럼 역사가 긴 디자인 하우스에는 모두 자기만의 아카이브가 있어서 프랑코의 스튜디오를 찾을 일이 거의 없어요. 그렇지만 1970년대 출현한 이탈리아나 미국 디자이너들에게는 그런 아카이브가 없으니, 프랑코의 스튜디오를 찾아와 오래된 의상을 보면서 지금의 소비자 취향에 맞게 변형할 영감을 얻기도 하지요. 그곳에서 고물 의상을 찾아 고가의 비용을 지불하고 보물단지처럼 들고 갑니다.

프랑코는 제게 이렇게 말했습니다.

"'오래된 의상들을 구입하는 데 투자한 돈을 미술품 구매에 투자했다면' 하는 아쉬움도 있지만, 저는 제가 밟아온 궤적에 자부심을 느낍니다. 역사를 모르는 젊은 디자이너들에게 큰 교훈을 줄 수 있기 때문입니다."

프랑코의 스튜디오를 보면 이런 생각이 들어요. '오래 사랑받는 브랜드에는 그들이 축적한 역사가 있다. 매력적인 사람에게는 그가 쌓은 자기만의 역사가 있다.' 벼락돈을 가진 졸부는 비싼 브랜드로 몸을 치장해도 품위 있어 보이지 않지요. 명품은 브랜드가 아니라 내 인생에 어울리는 옷이지요. 내가 쌓아온 역사가 나의 분위기를 만들잖아요.

체중
관리법

경신　건강하고 날씬한 몸을 유지하고 싶은 건 모두의 바람입니다. 하지만 현실에선 대부분 몸 관리에 무척 어려움을 느끼지요. 저도 그렇습니다. 세상엔 맛있는 게 너무 많고 먹을 때 정말 행복하거든요. 잘 먹고 운동하는 방법도 있다지만 운동에 재미를 느끼지 못하는 제게는 그게 쉬운 일이 아닙니다.

　적정 체중 유지는 세계적으로도 큰 과제입니다. 얼마 전 비만 치료제를 만든 덴마크 제약기업 노보 노디스크의 기업가치가 덴마크의 국내총생산GDP을 넘어섰다는 기사를 읽었습니다. 모두가 잘 아는 프랑스 명품기업 루이비통모에헤네시LVMH를 따돌리고 압도적으로 1위에 올랐을 정도라고 합니다. 체중 관리와 대사질환 치료 시장이 그만큼 크다는 방증이겠지요.

예순 살을 넘기는 것을 장수라고 생각해 환갑 잔치를 하던 시절에서 100세를 기대수명이라 말하는 지금까지 고작 30년이 흘렀지요. 의학 발전 속도를 보면 곧 110세가 평균 기대수명이 될지도 모를 일입니다.

결국 전보다 오랜 시간 몸을 써야 하니 건강에 관심을 기울이며 투자하는 것은 당연한 일이겠지요. 이런 세태를 보니 40년째 같은 치수의 옷을 입는 선생님의 자기 관리가 새삼 대단하게 느껴집니다.

논나 제가 체중을 일정하게 유지하는 것을 대단하게 여긴다니 기분이 좋기도 하고 쑥스럽기도 합니다. 덧붙이자면 사실 제 파트너도 저와 똑 닮은 삶을 살고 있습니다. 결혼 전이나 지금이나 몸무게가 50년째 똑같지요. 부부가 나란히 몸무게에 변화가 없으니 옷을 오래 입을 수 있었고 당연히 의류비를 줄였습니다.

우리가 1975년에 결혼식을 올렸는데 그때 입은 예복 바지를 30년간 입다가 엉덩이 쪽 원단이 해어져 결국 이별을 고했을 정도니까요. 그날 파트너와 우스갯소리로 "이 정도면 이 옷도 우리를 떠나고 싶었을 거야"라고 말했습니다.

물론 저는 두 아들을 출산했기에 남편처럼 완전히 동일한 체형을 유지하는 게 쉽지 않았습니다. 그래도 늘 신경 쓰고 노력하다 보니 체중은 어느 정도 유지가 되더라고요. 간혹 살이 찌지 않는 체질을 타고난 게 아니냐고 묻는 사람도 있었습니다. 잘 모르겠습니다.

제 생활 루틴을 조금만 공개할게요.

첫째, 저는 가능하면 밀가루와 당분 섭취를 줄이려고 애씁니다. 언젠가 《밀가루 똥배》라는 책을 읽었습니다. 노력했지만 두 아들을 출산한 후 가장 늘어난 부위가 아무래도 복부라서 그 책에 혹했지요. 유전자 조작 밀가루가 나오기 전에는 서양인도 지금처럼 과도하게 뚱뚱하지 않았다는 이야기가 흥미로웠습니다. '옳거니, 인류가 유전자 조작으로 자기 몸에 무례를 범했구나'라는 생각이 들었지요.

둘째, 평생 입고 싶은 옷을 정해두고 가끔 그 옷을 입어 맵시를 확인합니다. 체중계 위에 올라가는 것보다 시각을 자극하는 것이 더 강력하게 동기부여를 해주더라고요.

셋째, 가능한 한 하루에 두 끼 식사를 하고 양을 줄였습니다. 요즘 유행하는 간헐적 단식을 보며 저 자신에게 칭찬을 퍼붓습니다. 이 무슨 '선견지명'이냐고요.

넷째, 스트레칭과 하루 만 보 걷기를 생활화했습니다. 지금은 하지 않으면 바로 몸이 불편함을 느끼고 신호를 보낼 정도입니다.

이런 노력 끝에 정든 옷들과 오랜 동거를 해왔지요. 제 몸을 관리하자니 불편한 점도 있지만 장점이 훨씬 많습니다. 적게 먹고 대중교통을 이용해 많이 걸어 다니니 의류비뿐 아니라 식비와 교통비도 절감되더라고요. 가장 큰 수확은 건강입니다. 잔병치레로 병원 신세를 지지 않는 것만으로도 삶의 질이 높아짐을 느낍니다.

삼시세끼

경신 "내가 먹는 것이 곧 나"라는 말이 있습니다. 내가 고르는 음식에 내 가치와 취향이 담겨 있고, 내가 섭취한 음식이 내 건강을 결정한다는 뜻이지요.

오늘 아침 저는 굶은 채로 하루를 시작했습니다. 아침에 일어나면 씻고 출근하기에도 정신이 없어요. "아침을 챙겨 먹는 것이 뇌를 깨우는 데 좋다." "전날 밤부터 열여섯 시간 공복을 유지하는 것이 좋다." 종종 이런 말을 듣지만 뇌를 위해 아침밥을 먹는 것도, 간헐적 단식을 위해 먹지 않는 것도 쉽지 않습니다.

점심에는 순대국밥을 먹었습니다. 직장인에게 점심시간은 하루 중 제대로 된 식사를 할 수 있는 기회입니다. 평소 저는 회사 구내식당에서 식사를 합니다. 영양사가 설계한 식단으로 균형 잡힌 식사를 하니 몸에 좋지만, '건강 식단'인지라 직원들끼리는 일일 권장 조미료량이 채워지지 않는 느낌이라고 농담을 주고받습니다. 양질의 식사를 할 것인지, MSG 식사를 할 것인지 선택할 수 있는 직장인의 삶을 살고 있어서 행운이라고 생각합니다.

저녁으로는 참외를 먹었습니다. 사과 한 알에 만 원이라고 연일 뉴스가 나오니 청개구리처럼 평소에 즐겨 먹지 않던 과일이 당기더라고요. "만약 100세까지 산다면 앞으로 봄 제철 과일을 먹을 기회가 60번도 남지 않은 것이다"라는 친구의 말을 듣고, 퇴근길에 마트에 들러 비싼 참외 한 개를 장바구니에 담았습니다. 아삭하고 달콤한 참외를 먹으며 계절마다 놓치면 안 될 음식을 꼽아봤습니다.

논나 "내가 먹는 것이 곧 나"라는 말이 저를 움츠러들게 하네요. 저만큼 식생활에 무관심한 사람도 드물거든요. 어릴 적부터 저는 부모님에게 "식탁에서 반찬 투정하지 말라"라는 말을 들었습니다. 가정 교육의 영향인지 허기를 기다렸다가 가리는 것 없이 간단히 식사를 해결하곤 했어요.

좋아하는 음식을 꼽자면 채소입니다. 저는 어머니의 식성을 닮아 채소를 즐겨 먹습니다. 속이 뜨거운 체질이라서 시원한 야채를 먹어야 속이 편안합니다. 찐 감자와 고구마를 먹거나 당근, 오이, 배추, 양배추 등을 조리하지 않고 생식하는 것도 즐기고요. 차갑고 시원한 과일과 샐러드만으로도 삼시 세끼를 해결할 수 있습니다.

제 아침은 삶은 계란 한 알, 제철 과일 한 가지 그리고 두유 한 잔입니다. 점심은 가능한 한 집에서 간단히 채소를 데쳐 들기름을 두른 뒤 잡곡밥과 함께 먹으려고 합니다. 특히 검은콩이 듬뿍 들어간 잡곡밥을 김에 싸 먹는 걸 무척 좋아합니다. 저녁은 우리 땅에서 나는 땅콩, 호두, 잣 같은 견과류 한 줌에 살짝 데친 채소볶음 한 접시 혹은 시원한 오이나 당근 정도로 해결하지요. 예전엔 저녁 식사 때 맥주 한 잔을 곁들이기도 했는데 최근엔 건강을 생각해서 줄였습니다.

제가 이탈리아 생활을 오래 해서 피자나 파스타를 즐길 거라고 생각하는 사람이 많습니다. 사실 저는 글루텐이 들어간 탄수화물을 먹으면 통변에 어려움을 느껴 가능하면 피한답니다. 그 맛있는 걸 못 먹는다니 그야말로 맹탕 밀라노 할머니지요?

지
친
마
음
을
위
한
음
식

경신　　추억과 정서를 자극하고 위안을 주는 음식이 있지
요. 그런 음식에는 사랑과 정성이 깃들어 있습니다.

제 마음을 편안하게 해주는 음식은 '감자밥전'입니다. 감
자의 구수한 맛과 양파의 달큼한 맛이 밥과 어울려 얼마나
조화로운지 몰라요. 어릴 적 저는 익힌 당근을 싫어했어요.
제 편식을 고쳐보려고 어머니가 다양한 시도를 하셨지만
늘 실패했답니다. 그런데 이 감자밥전에 들어간 당근을 먹
기 시작하면서 익힌 당근을 먹게 됐어요.

제가 감자밥전을 만드는 방법은 다음과 같아요.

하나, 양파 2분의 1개와 당근 4분의 1개를 도마에서 곱
게 다져줍니다. 저는 채소만 도드라지지 않도록 작은 크기

로 다지는 것을 좋아해요. 둘, 감자 한 개를 강판에 갑니다. 이때 믹서기에 가는 방법도 있지만 강판을 이용하는 편이 감자의 식감이 살아 더 맛있어요. 감자를 다 갈고 나면 전분과 물이 분리되는데 위의 물은 조심스럽게 따라 버리고 감자 건더기와 전분 앙금만 남겨둡니다. 셋, 큰 볼에 감자와 다진 채소, 계란 한 개, 밥 반 공기를 넣고 섞어줍니다. 넷, 잘 달궈진 프라이팬에 먹기 좋은 크기로 동그랗게 밥을 부쳐줍니다. 다섯, 간장에 식초를 섞은 새콤한 초간장을 만들어 콕 찍어 먹습니다.

비 오는 여름, 고소한 기름 냄새가 퍼지면 어머니가 해주시던 감자밥전을 먹을 생각에 들떴던 기억이 납니다. 지금도 비 오는 여름에 저는 감자밥전을 요리해 먹곤 합니다.

논나　　저는 1952년 5남매의 둘째로 태어났어요. 위로 오라버니 한 명, 아래로 동생이 세 명이 있지요. 1953년 한국전쟁을 끝내는 휴전협정을 체결한 후, 5남매가 함께 자랐으니 반찬 투정 같은 건 상상할 수도 없었지요. 계란프라이마저 별식이던 시절이었어요.

어렸을 적 어머니가 해주시던 모든 음식이 마음을 편안하게 해주는 음식이라는 느낌이 듭니다. 그래도 굳이 한 가지를 꼽자면 소풍이나 특별한 날에 어머니가 싸주시던 김밥입니다.

제가 김밥을 만드는 방법은 다음과 같아요.

하나, 쌀을 씻어 30분 정도 미리 불려둡니다. 제 어머니는 소화 기능이 약한 저를 위해 물을 좀 넉넉히 잡아 밥을 하셨습니다. 고슬고슬한 고두밥은 목이 메고 소화가 어려우니 그 점을 신경 쓴 것이지요. 둘, 계란에 소금을 반 꼬집 넣은 후 잘 휘저어 지단을 만듭니다. 셋, 당근을 아주 곱게 채 썰어 살짝 볶아둡니다. 넷, 물에 소금을 반 스푼 넣고 끓어오르면 시금치를 살짝 담갔다가 건져 물기를 짜줍니다. 다섯, 식초, 설탕, 물을 1:1:2로 넣은 배합초에 가늘게 썬 무를 한 시간 정도 담갔다가 꺼내 단무지를 만듭니다. 여섯, 도마 위에 김발을 펴고 그 위에 김을 올린 뒤, 밥 한 주먹을 김 위에 얹어 살살 펴줍니다. 일곱, 준비한 재료들을 가지런히 올린 후 돌돌 말고 꾹꾹 눌러 재료와 밥을 고정합니다. 여덟, 완성한 김밥 위에 참기름을 발라 마무리합니다. 직접 짠 참기름을 입힌 어머니의 김밥은 고소한 냄새를 풍겼지요. 아홉, 완성입니다. 잘라서 먹어보세요. 김밥의 양쪽 가장자리는 별미니 놓치지 말고요.

어머니가 만들어주신 김밥을 떠올리기만 해도 입속에 침이 고입니다. 지금도 어쩌다 뷔페식당에 가면 접시 한 귀퉁이에 김밥 서너 조각은 꼭 담아옵니다.

수많은 산해진미보다 김밥을 한 입 베어 먹을 때 영혼이 따스해지는 기분이 들거든요.

살다가 힘들 때, 영혼이 허기졌다 느낄 때 어머니의 음식을 떠올립니다.

고물을 좋아하는 이유

경신　어느 날 선생님이 말씀하셨지요. "유튜브를 시작하지 않았으면 재능 기부를 겸해 작은 중고 가구 공방을 열었을 거예요"라고요. 선생님 댁의 근사해 보이는 가구들이 실제로 '길거리 출신'이라 놀랐습니다.

선생님 방의 책상 옆에 있는 정갈한 탁자도 다리 모양이 흔치 않은 디자인이라 여쭤보니 "아파트 쓰레기장에 버려져 있던 테이블인데 꽤 괜찮지 않아요? 그걸 가져와서 깨끗이 닦아 테이블보를 올린 거예요"라고 하셨지요.

오디오를 올려둔 검은색 교자상은 또 어떻고요. 귀퉁이가 깨져 칠이 벗겨진 것을 가져다 검정 매니큐어를 곱게 발라 재활용했다고 하셨지요. 인테리어 소품으로 둔 작은 흰 의자도 꽤 독특한데, 유치원에서 버린 의자를 가져다 직접 칠했다고 하셨지요. 재활용이라고 말해주지 않으면 아무도 그 물건들에 그런 사연이 있다는 걸 짐작하지 못할 거예요.

저는 궁금했어요. 우리 풍속에 외부 물건을 집에 함부로 들이면 안 된다는 말이 있잖아요. 그래서 혹시 그런 점이 신경 쓰이지 않았는지 여쭤봤지요. 선생님의 답변은 간단했습니다.

"귀신은 안 믿지만 혹 물건에 정령이 있다면 정성껏 닦아 새 생명을 줬으니 오히려 고마워하지 않을까요?"

우문현답입니다. 선생님의 형편이 어렵진 않잖아요. 그런데도 중고품에 애정을 보이시는 이유가 궁금합니다.

논나   길에 버려진 물건을 가져와 단장하고 새로운 쓰임새를 찾아주는 것에 특별히 의미를 부여한 적은 없어요. 제가 왜 중고품을 좋아하게 됐을까요? 생각해보면 크게 네 가지로 나뉩니다.

첫째, 성장 과정에서 늘 '물건을 살 땐 가장 좋은 걸 사서 마르고 닳도록 쓰라'는 교육을 받았습니다. 덕분에 좋은 물건을 보는 안목을 길렀고 또 그것을 수명이 다할 때까지 알뜰하게 쓰는 습관을 들이게 됐어요. 재활용이 가능하다는 것은 아직 수명이 남아 있다는 뜻이지요.

둘째, 유학 시절 경험 덕분에 절약이 몸에 배었습니다. 저는 정확히 46년 전 이탈리아가 어딘지도 모르던 시절에 유학을 떠났어요. 그 낯설고 물설은 이국땅에서 생활하자니 막막한 게 한두 가지가 아니었지요.

"버는 게 화수분"이라는 말이 있지요? 돈을 직접 버는 게 아니라 고국에서 보내주는 돈으로 생활해야 했던 저는 뭐든 아껴야만 했습니다. 당시엔 우리나라 외환 보유고가 넉넉지 않아 송금도 엄격히 통제를 받았어요.

그게 경신 씨가 태어나기 전의 일이잖아요. 그 시절 우리나라는 외국산 물품을 수입하지 못했어요. 지금은 우리나라 백화점이 외국 어느 나라 백화점보다 화려하지만, 그때는 눈요기할 것조차 많지 않았어요. 처음 밀라노의 고급 백화점에 들어갔을 때와 그 유명한 패션 거리인 비아 몬테 나폴레오네에 첫발을 내디뎠을 때 받은 문화 충격을 표현할 말이 쉽게 떠오르지 않네요. 설레기도 하고 다소 주눅이 들기도 하고, 보이는 것마다 어찌 그리 세련되고 아름다운지 머릿속이 혼미할 지경이었어요. 고국에 있을 때 전문 서적에서 본 물건들이 진열장 안에 가득하고 돈만 지불하면 내 것이 된다고 유혹하니 그럴 만했지요.

그러나 고국에서 보내주는 한정된 금액을 아껴가며 살

아야 하는 것이 제 현실이었습니다. 할 수 없이 호화로운 상점이나 백화점에서는 눈요기만 실컷 하고 실생활은 검박하게 했지요. 다행히 저는 성장 과정에서 귀에 못이 박이도록 들은 어른들의 가르침이 뇌리에 깊게 박혀 있어 현실 적응력이 뛰어났습니다. "사람은 분수껏 살아야 한다." "뱁새가 황새를 쫓아가려 하면 가랑이가 찢어지는 법이다." 이런 말을 주로 들었는데 가랑이가 찢어지면 안 되잖아요.

시간이 가면서 생존에 꼭 필요한 물건이 아니면 집에 들이지 않는 것이 습관이 됐습니다. 현지에 적응한 뒤에는 이탈리아 사람들이 사는 방법도 눈에 들어오더군요. 당시 이탈리아는 우리나라보다 부유했는데 저는 그 나라의 신혼부부들이 혼수를 장만하는 것을 보며 충격을 받았어요.

그들은 우리나라처럼 모든 물건을 한꺼번에 새것으로 장만하는 게 아니더군요. 양쪽 집안 어른이나 친인척이 자신이 아끼던 것을 선물로 주기도 하고, 중고품 가게에서 자신들의 취향대로 구입해 손질해서 쓰더라고요. 그처럼 창의성이 뛰어난 사람들 속에 섞여 산 덕분에 고물을 어떻게 재활용하는지 배웠습니다.

셋째, 영국의 채러티숍에서 교훈을 얻었습니다. 둘째 아들이 런던에 자리를 잡은 이후 런던을 자주 방문했는데 영국엔 거리에 채러티숍이 많더라고요. 자신이 쓰지 않는 물건을 잘 손질해 채러티숍에 기부하고, 이것을 채러티숍 자원봉사자들이 다시 상품화해 새로운 주인을 찾게 하는 순환 과정을 지켜보며 느낀 점이 많습니다.

마지막으로 저는 신앙인이자 소박하지만 고집 센 환경 보호자입니다. 알고 있을지도 모르지만 모든 종교는 자연을 아끼고 사랑하라고 설파합니다. 그렇기에 제가 '길거리 친구들'을 데려올 때도 선택하는 기준이 있어요.

플라스틱 제품은 쳐다보지도 않습니다. 원목으로 만든 제품만 거둬들이지요. 지금 세계는 지구 온난화 문제로 골머리를 앓고 있는데 열대우림이 사라지면서 그걸 가속화하고 있다지요. 열대우림이 사라지는 이유는 인간의 무분별한 벌목 때문입니다. 그래서 저는 나무 한 그루라도 덜 자르게 하고 싶고, 이왕 자른 나무는 쓰임새를 다양한 방도로 강구해 끝까지 가치를 보존하게 만들고 싶습니다. 이것이 제가 길거리 친구들에게 애착을 보이는 이유입니다. 누가 뭐라든 고집스럽게 이면지조차 아껴 쓰고 있기도 하지요. 제가 아낀 만큼 환경을 보호할 수 있으니까요. 이제 궁금증이 풀렸나요?

물건을 살 때 생각할 것

경신 '알리핫딜' '테무깡' '쉬인하울'이라는 말을 들어 보았나요? 요즘 유튜브에서 인기를 끄는 콘텐츠입니다. 중국의 이커머스 기업 알리익스프레스, 테무, 쉬인에서 물건을 싸게 살 수 있는 방법과 구매 후기를 소개하는 것이지요.

최근 중국 이커머스 플랫폼이 무섭게 성장하고 있습니다. 대표적으로 알리, 테무, 쉬인 같은 직구 플랫폼은 중간 유통 단계를 없애고 중국의 생산 공장과 소비자를 직접 연결해 파격적으로 가격을 낮춰 한국 시장을 점령해가고 있지요. 심지어 5일 내로 한국까지 무료 배송해 국내 유통기업들이 속수무책으로 밀리는 실정입니다.

얼마나 싸게 팔고 있냐고요? 옷과 가방, 신발은 1천 원 대부터 구매할 수 있습니다. SPA 브랜드조차 가격 경쟁이 안 됩니다. 텔레비전, 세탁기, 청소기 등 가전제품도 한국 대비 10분의 1 가격에 살 수 있다고 합니다. 딸기나 계란, 한우 등을 이벤트로 1천 원에 팔아 서버가 다운되기도 했습니다.

문제는 품질입니다. "싼 게 비지떡"이라지요. 짐작하겠지만 질이 낮은 물건과 불량품이 많습니다. 여기에다 직구매 방식이라 중국 판매자가 한국의 규제를 피할 수 있어 대부분 에이에스AS도 안 된다고 하네요. 그런데 우리나라에서 구매하는 것의 10분의 1 가격이라 불량품을 받으면 그냥 버린다는 생각으로 물건을 주문하는 사람도 꽤 많습니다. 버릴 것까지 고려해 물건을 구매하다니! 그런 소비 패턴이 반복되면 쓰레기가 많이 쌓이겠지요.

돈도 넘치고 물건도 넘치는 시대, 우리에게 현명한 소비 철학이 필요합니다.

논나　　제가 모르는 낯선 소비 세계네요. 텔레비전, 세탁기, 청소기 같은 덩치 큰 물건들이 쉽게 버려져 금수강산 한 귀퉁이를 떡하니 차지한 채 녹슬어간다고 상상하니 등골이 오싹합니다. 《소유의 종말》이라는 책 제목을 디시금 떠올려

봅니다. 얼마나 소비해야 소비 욕구가 다 채워질까요?

작년 여름의 살인적 더위가 생각납니다. 관측 사상 최고 온도라는 말이 매년 반복해서 나오고 있지요. 제가 유학 생활을 시작한 1978년에는 우리나라뿐 아니라 유럽에서도 일반 가정집에 에어컨이 없었습니다. 그런데 불과 40여 년 만에 에어컨은 필수품이 되었습니다.

기후 위기는 있는데 뾰족한 해결책은 없습니다. 왜 그럴까요? 항상 의문이고 불만입니다. 더 큰 재앙을 막기 위해 우리가 할 수 있는 일은 분명 있습니다. 덜 먹고, 덜 쓰고, 덜 입고, 덜 버리는 것이지요. 먹고 싶은 음식도, 사고 싶은 물건도, 입고 싶은 옷도 거의 없는 제가 괜찮게 느껴지네요.

택배 이야기도 하지 않을 수 없군요. 요즘엔 휴대전화로 손쉽게 장을 본다지요. 저는 집집이 문 앞에 대여섯 개씩 쌓인 택배 상자를 볼 때마다, 지구가 언제까지 버틸 수 있을지 걱정스럽습니다. 그 종이 쓰레기를 어떻게 다 재활용할지요. 저는 80억 인구의 한 명일 뿐이지만 나 한 명이라도 소비를 줄이고 소유한 물건을 아껴 사용해 쓰레기를 덜 남기고 떠나렵니다.

분리수거

경신 미국 로스앤젤레스에서 거처를 구할 때의 일입니다. 아파트에 입주하며 여러 가지 설명을 듣는 자리에서 공동 시설 규칙을 듣다가 제가 분리수거를 어떻게 해야 하는지 물었습니다. 관리인은 어깨를 으쓱하더니 대답했습니다.

"분리수거는 없어요. 모든 쓰레기는 한군데에 모아 아파트 지하의 쓰레기 처리장에 버리세요."

수천 세대가 사는 큰 아파트 단지에 분리수거가 없다니 의아했습니다. 짐을 정리하고 종이 박스를 버리러 간 저는 그곳에서 거대한 컨테이너를 발견했습니다. 사람들을 보니 정말로 그곳에 음식물부터 폐기물, 재활용품까지 모든 쓰레기를 한꺼번에 버리는 게 아니겠어요. 저도 그들을 따라

종이 박스를 컨테이너에 넣었지만, 이래도 되는 건가 싶어 찜찜한 기분이 들었습니다.

제가 살던 아파트만 그런 게 아니었습니다. 다른 곳을 여행하며 둘러봐도 쓰레기를 분리해서 버리는 곳을 찾기가 어려웠습니다. 그런데 그 쓰레기를 처리하는 방식이 좀 황당합니다. 그 많은 쓰레기를 가난한 나라에 떠넘긴답니다.

우리나라는 1995년부터 전국에서 쓰레기 종량제와 분리배출 제도를 실행해 분리수거율이 세계적 수준이라고 합니다. 일부 양심 없는 사람이 분리수거를 제대로 하지 않는 경우도 종종 있지만, 우리나라 국민은 대체로 분리수거를 열심히 하고 있습니다. 쓰레기를 잘못 배출하면 벌금을 물기도 하고요. 그뿐 아니라 마트에서는 비닐봉지를 유료로 판매하고, 커피전문점에서도 일회용 컵이나 빨대 등은 사용을 제한합니다.

우리도 쓰레기를 수출하니 이 문제에서 자유롭지 않지만, 적어도 불편을 감내하며 노력은 하고 있다고 생각합니다. 한데 우리나라 국토 면적의 약 98배에 달하는 미국에서 그렇게 쓰레기를 막 버리고 있으니 우리의 노력이 무의미한 것은 아닌지 허탈한 마음이 들었습니다.

논나   제가 가장 관심을 기울이는 주제네요. 이 주제를 다뤄주어 고마운 마음까지 듭니다. 맞아요, 저도 경신 씨가 느꼈을 허탈감을 백번 이해합니다. 미국과 영국처럼 선진 국을 자처하는 나라에서 분리수거 없이 쓰레기를 잔뜩 만들어 해외에 떠넘기는 것은 오래된 이야기지요. 그 사실을 알고 엄청나게 실망했습니다.

그런 방법밖에 없느냐 하면 그건 아닙니다. 독일은 분리수거를 굉장히 체계적으로 관리하고 있습니다. 독일에서는 유리병이나 캔을 슈퍼마켓에 가져가 계산대 옆에 설치한 기계 구멍에 넣으면 내용물에 따라 동전 몇 센트가 환전구로 나옵니다. 분리수거 유인책을 확실하게 제공하는 셈이지요. 환경 정책을 만드는 공무원이나 국회의원이 해외에 나갈 일이 있다면 꼭 독일을 방문해 참고했으면 합니다.

사실 절약이나 절제는 가장 아름다운 미덕입니다. 그런데 자본주의의 분신인 소비 만능주의 탓에 세상이 혼탁해지고 쓰레기장이 되어가는 게 저는 진저리 나게 싫습니다. 쓰레기를 덜 만들려면 덜 입고, 덜 쓰고, 덜 소유하려 노력해야겠지요. 독일의 귀족 출신인 알렉산더 폰 쇤부르크가 쓴 《어른이라는 진지한 농담》을 읽었는데, 절제를 '자발적 단념'이라 정의한 게 무척 흥미로웠습니다.

"새로운 옷을 사지 않기 위해 몸무게를 유지한다"라는 제 말이 화제가 된 적 있다고 들었습니다. 그렇게 다짐하게 된 계기가 있지요. 아프리카와 인도를 방문했을 때 전 세계에서 보낸 의류 폐기물이 산더미처럼 쌓인 것을 보았습니다. 사실 우리가 의류수거함에 버리는 옷도 아시아나 아프리카의 저소득 국가로 덤핑 수출하거든요. 그 옷들의 종착지를 목격한 셈입니다. 그 후 저는 이를 더 악물고 쓰레기를 배출하지 않으려고 노력합니다.

제가 유튜브 영상에서 소개한 여러 가지 절약법이 칭찬을 많이 받았지요. 예를 들면 사용한 휴지 재활용하기나 항공 수화물 스티커를 모아뒀다 옷의 먼지를 떼는 용도로 다시 쓰고 버리는 것이 있습니다. 그 외에도 저는 택배를 가능한 한 이용하지 않습니다. 작은 물품 하나를 위해 사용하는 포장지가 어마어마하고 결국 포장지는 쓰레기 양산에 일조하기 때문입니다. 물론 젊은 사람들은 시간이 허락지 않으니 어쩔 수 없이 택배 시스템을 이용해야겠지만, 저는 24시간이 제 것이라 산책 삼아 모든 물건을 직접 가서 구입합니다.

잠깐 머물다 가는 이 지구에 폐를 끼치고 싶지 않은 게 제 소신이거든요. 진정 자식을 사랑한다면 깨끗하고 손상 없는 자연을 물려주는 일에 지금보다 더 큰 노력을 기울여야 한다고 봅니다.

자랑스러운 궁상맞음

경신　저는 1인 가구입니다. 식사는 주로 외식으로 때웁니다. 매번 간편 조리 식품을 먹자니 입에 물리고, 번듯하게 차려 먹자니 혼자 먹자고 정성 들여 음식을 만드는 것이 흥이 나지 않아 외식에 의존하는 편이지요.

　주변의 다인 가구는 사정이 다를까 해서 물어보니 그들 역시 외식 빈도가 꽤 높다고 합니다. 여기에는 이유가 있겠지요. 무엇보다 이상 기후로 채소와 과일류의 생산량이 감소해 식재료 구매 비용이 늘어났어요. 또 맞벌이 가정이 늘어나니 요리하는 시간도 비용으로 간주하는 경향이 강합니다. 그 밖에 다른 이유도 있을 겁니다.

　어쨌거나 외식은 점차 늘어나는 추세입니다. 그런데 외

식을 할 때마다 한 가지 마음에 걸리는 것이 있습니다. 바로 버려지는 음식입니다.

제가 미국에서 놀랐던 것 중 하나는 '투 고to go' 문화입니다. 식사를 마치면 종업원은 자연스럽게 음식을 싸 갈 상자가 필요하냐고 묻습니다. 감자튀김 한 조각이 남아도 싸 가겠느냐고 묻더군요. 그리고 많은 미국인이 적은 양의 음식이 남아도 포장해서 가져가는 것을 볼 수 있었습니다.

물론 우리나라에도 포장을 요청하면 가능한 곳이 많습니다. 그래도 여전히 남은 음식을 포장해서 가져가는 것이 생활화된 분위기는 아닙니다. 포장 용기를 구비하지 않은 음식점도 많고요. 소비자가 남은 음식을 싸 가지고 가는 것을 부끄럽게 생각해 주저하는 모습도 많이 봤어요. 외식이 늘어나는 만큼 우리도 남은 음식을 포장해서 가져가는 문화가 널리 퍼졌으면 좋겠어요.

논나 우리 동네에 제가 즐겨 찾는 식당이 있습니다. 닭에 해물을 넣은 삼계탕을 파는 집인데, 주인장 손맛이 좋아서 손님이 방문하면 간혹 함께 갑니다. 경신 씨와도 여러 번 갔었지요. 그곳에서 식사를 마치면 육수와 발라먹지 못한 닭 뼈 그리고 해물이 남습니다. 저는 집에서 미리 준비해간 빈 통에 남은 음식을 담아옵니다. 제가 남은 음식을 통에 담는 것을 본 한 지인은 눈이 휘둥그레지면서 "쓰레기를 왜 챙겨가"라고 묻더군요.

그 육수와 뼈에 붙은 고기로 무엇을 하냐고요? 닭에 해물을 넣고 폭 끓인 국물은 치킨 리소토를 만들기에 최고의 육수입니다. 요리 방법도 아주 간단하지요.

우선 양파를 잘게 다져 기름에 볶습니다. 양파가 익어 투명해지면 쌀도 넣고 계속 볶아줍니다. 쌀알이 반투명한 색을 띨 때 즈음 육수를 한 국자 넣어 졸이듯 익혀줍니다. 육수가 졸아들면 육수를 한 국자 더 넣어 보충하고요. 물을 한꺼번에 넣고 폭 끓이는 우리의 죽과 달리 리소토는 쌀알이 폭 퍼지지 않게 육수를 중간중간 부어가며 조리하는 것이 핵심입니다. 쌀이 다 익었을 때 마지막으로 버터 한 스푼을 넣어 녹이면 입에서 살살 녹지요. 건강을 생각한다면 버터 대신 제철 나물을 조금 뜯어 올려도 향긋하고 좋습니다. 여기에다 치즈를 갈아 간을 조금만 더 하면 아주 그럴듯한 치킨 리소토를 완성할 수 있습니다. 저와 제 파트너는 이 리소토로 근사하게 한 끼를 해결합니다.

저는 어릴 적부터 '음식을 버리는 것은 죄악'이라고 단단히 교육 받고 자란 터라 가능하면 먹을 수 있는 만큼 주문하려고 합니다. 갓 조리한 음식을 그 자리에서 남기지 않고 맛있게 먹는 것이 가장 좋지요.

때론 음식이 과하게 나오기도 합니다. 이를 대비해 저는 식당에 갈 때 가능하면 빈 통을 가져갑니다. 일회용 용기를 쓰는 것보다 집에서 가져간 통을 사용하면 환경 보호에 조금이라도 더 기여할 수 있어 이를 선호합니다. 가져간 빈 통에 담아오면 음식점 주인도 포장 용기값을 줄일 수 있어 좋아하더라고요. 환경에 좋고, 경제적이고, 보람도 있지요. 남에게 해를 끼치는 것도 아니고요. 저는 아직 포장해오지 않을 이유를 찾지 못했습니다. 궁상이라고 생각하는 사람이 있어도 저는 계속하렵니다.

정리 정돈법

경신　옷장은 신기합니다. 필요한 걸 찾으면 그 안에 없어요. 제가 찾다가 지쳐 포기하면 찾던 물건을 쓱 뱉어냅니다. 냉장고도 마찬가지예요. 분명 그 안에 마늘이 없어서 샀는데 사고 나면 그 안에서 마늘이 나타납니다. 귀신이 곡할 노릇이에요.

청소하지 않느냐고 묻는다면 그건 아닙니다. 청소는 자주 합니다. 문제는 정리입니다. 먼지 털기는 할 만한데 정리는 영 어렵더라고요. 물건을 깨끗이 털고 닦는 것만으로는 주변 환경이 달라지지 않습니다.

요즘 정리 수납 전문가가 각광받고 있습니다. 그들은 라이프스타일에 맞춰 생활 공간을 정리해준다고 합니다. 이를테면 물건을 꺼내 쓰기 쉬운 위치는 어디인지, 정리한 상태를 유지하는 방법은 무엇인지 가르쳐주지요. 고액의 비용에도 정리 수납 전문가를 찾는 사람이 많다고 하니, 전문가의 도움을 받아서라도 삶의 안정을 찾고 싶은 수요가 있는 모양입니다.

선생님 댁을 공개했을 때 많은 사람이 감탄한 이유도 비슷한 맥락이라고 봅니다. 잘 정리한 옷장, 신발장, 서랍장에서 정서적 안정을 느꼈지요.

논나 경신 씨 말대로 청소와 정리는 다릅니다. 청소는 더럽고 어지러운 것을 쓸고 닦는 일이고, 정리는 흐트러지고 혼란한 것을 한곳에 모으거나 치워서 주변을 질서 있게 만드는 일이지요. 우리 집에서는 제 파트너가 청소하고 저는 정리합니다.

소셜미디어에 공간별, 가구별로 수많은 정리법이 나오지요. 정리 단계가 복잡하게 느껴지면 세 가지만 기억하세요.

모으기, 나누기, 사지 않기.

첫째, 모으기. 물품을 용도별, 색깔별로 분류하고 모으는 거예요.

둘째, 나누기. 내가 자주 쓰지 않는 물건을 버리는 게 아니라 나눠주는 거예요.

셋째, 사지 않기. 더 좋은 것을 사지 않고 이미 있는 것에 정을 들이는 거예요.

잘 정리하면 중복 구입하는 실수를 피할 수 있답니다. 부엌의 그릇장이나 냉장고 속에 처박혀 있다가 버려지는 식품이 줄어드니 가정 경제에도 보탬이 되지요.

얼마 전 서점에서 집 안 정리 전문가가 '부자들의 정리 방법'을 주제로 쓴 책을 보았습니다. 그가 강조하는 메시지는 이렇습니다. '정리 정돈은 생활 습관이고, 그 습관이 모여 부를 창출한다.'

정리 정돈하면 비워야 할 것과 채워야 할 것이 보이기 시작하고 삶이 명료해져요.

몫을 나누지 않는 사람들의 말은
신경 쓰지 마세요

6
부

함께 일하기

기
가
센
여
자

경신　'기가 센 사람은 어떤 사람인가?'

얼마 전 술자리를 달궜던 주제입니다. 친구들은 저마다 다양한 정의를 내렸지요. 자기 의견을 끝내 관철하는 사람, 나와 뜻이 다른 사람도 포용하는 사람, 다른 사람에게 휘둘리지 않는 사람, 존재 자체만으로 위압감을 주는 사람 등이었어요.

고백하자면 저는 종종 기가 세다는 말을 듣습니다. 그 말을 인정하기 어렵지만요. 제가 생각하는 기가 센 사람은 불편한 상황을 잘 견디는 사람이기 때문입니다. 외부 환경에 동요하지 않고 자기 페이스를 유지하는 사람을 보면 '기가 세구나'라고 느끼는데, 저는 그렇지 않거든요.

어쩌면 우리 사회에서 기가 센 여자가 어떤 시선을 받는지 잘 알기에 그런 타이틀을 거부하고 싶은지도 모르겠습니다. 남성과 달리 여성에게는 기가 세다고 말할 때 부정적 뉘앙스를 품고 있는 경우가 많잖아요.

고등학교 담임선생님이 학부모 상담을 할 때 제 어머니에게 "경신이는 기가 센 아이니 절대 정치학과에 보내지 마세요"라고 하셨다네요. 어머니는 그 말을 가슴속에 묻어두었다가, 제가 대학 졸업 후 취업하고서야 들려주셨습니다. 진로에 영향을 받거나 기가 세다는 표현에 신경 쓰며 살지 않을까 우려했기 때문입니다.

저는 모두의 염려 덕분에 큰 문제는 일으키지 않는 사회 구성원이 되었습니다. 그렇지만 기 센 여자로 사는 것이 득인지, 실인지 여전히 의문입니다.

논나 기가 센 사람은 에너지가 많은 사람이 아닐까요. 정신적으로든 육체적으로든 긍정적 에너지가 넘쳐흐르는 사람이요.

실은 저도 종종 기가 세다는 말을 들어요. 저처럼 뼈가 가는 선병질 체질은 에너지가 쉽게 고갈되어 뒷심이 부족합니다. 그 약점을 숨기려고 뒷심이 떨어지면 과장스럽게 행동하는 우를 범하기도 했지요.

유럽에서는 기가 세다는 표현을 긍정적으로 쓰고, 우리 나라에서는 부정적으로 쓰는 사례가 많지요. 남존여비男尊女卑 사상이 절대적 사회 분위기다 보니 '기가 세다는 것'을 '남성에게 순종적이지 않다'와 동일시하며 부정적 뉘앙스로 전해온 탓이 아닌지….

이제는 시대가 달라졌잖아요? 기가 세다는 말을 칭찬으로 받아들여 행동하면 그뿐입니다.

꼰대가 되지 않는 방법

논나   제 파트너가 말했어요.

"당신은 가슴이 두근거려 커피나 차를 즐기지 않는데, 그 카페에 왜 자주 가는 거야?"

제가 대답했지요.

"친구를 만나러 가는 거지."

그 말에 파트너는 고개를 갸웃합니다.

"친구? 젊은 친구가 사장이라고 하지 않았어?"

"젊은 친구가 나이 든 친구보다 재미있고 배울 점도 많잖아?"

농담처럼 말했지만 진심이었어요.

나이 들어도 꼰대가 아닌 '산뜻하고 유쾌한 할머니'가 되고 싶어요. 어떻게 하면 젊은이들에게 환영을 받을까요? 저는 이걸 자주 궁리합니다.

경신　꼰대가 되지 않는 방법을 이미 찾으셨네요. 나이 들어도 나이 어린 사람에게 배울 것을 배우는 것. 흔히 나이 들수록 귀는 닫고 입은 열지요. 자신의 경험을 나눠주고 싶거나 자신의 권위를 뽐내고 싶거나, 둘 중 하나입니다. 전자는 좋지만 후자는 거북합니다.

'늙은 꼰대'도 있지만 '젊은 꼰대'도 있어요. 늙은 꼰대는 관심이라 하면서 간섭하고 위계질서만 강조하지요. 젊은 꼰대는 자기주장만 강하고 위계질서를 무시합니다. 세대 차이는 인정하되 세대 갈등은 줄이려는 노력이 필요합니다.

선생님은 일단 편견 없이 타인의 이야기를 들어주십니다. 옳고 그름을 판단하기에 앞서 경청하시고요.

〈밀라논나〉를 처음 촬영할 때의 첫 인사말을 기억해요.

"삶에 찌들지 않은 할머니가 되고 싶어요."

그때 선생님은 지하철에서 의식적으로 미소 짓는다고 하셨지요.

우울한 표정을 짓는 노인은 되고 싶지 않다고요.

저도 선생님처럼 산뜻한 어른이 되고 싶어요.

선후배의 격

경신   어떤 선배가 좋은 선배일까요? 상사보다 후배의 마음을 얻기가 어렵습니다. 우리나라 특유의 위계질서 때문인지 선배는 보통 원하는 바를 명확히 표현해도, 후배는 적극 의견을 내지 않아요. 저 또한 저연차 때 둥글둥글 가만히 있을 때 부침이 덜했으니, 그들의 침묵이 이해는 갑니다.

좋은 선배는 후배의 뜻을 눈치껏 알아줍니다. 몇 년 전까지 저는 후배의 뜻을 헤아리지 못하는 아둔한 선배였습니다. 선배는 먼저 걸으며 좁은 길을 열어주는 사람이라고만 생각했지요. 그러던 어느 날 제 생각이 오만이었음을 깨달았습니다.

조직 안에서 열심히 일했고 성과도 냈는데 회사에서 시

기와 질투로 힘들었습니다. 이따금 절대자가 인생에 개입한다고 느껴지는 순간이 있었는데, 그때가 바로 그랬습니다. 아마도 그 절대자는 제게 인간관계의 다른 측면을 보여주고 싶었나 봅니다.

저를 믿고 따른 후배들도 저와 같이 물을 먹었습니다. 저는 주저앉았고 후배들을 볼 면목이 없었어요. 그런데 그때 후배들이 제 손을 잡아 저를 일으켜주었어요. 앞장서서 정신없이 걷기만 할 때는 주변을 돌아볼 여력이 없었지만, 돌덩이에 걸려 넘어지고 나니 바닥과 주변이 보이더군요. 그제야 이런 생각이 들었습니다.

'선후배란 한 방향을 바라보며 서로 밀어주고 끌어주는 관계구나.'

논나　제가 직장 생활을 하던 시절에는 '일하는 여성'이 많지 않았어요. 제게는 본보기가 될 만한 여성 선배가 거의 없었습니다. 어떤 회사에서는 탕비실을 관리하는 여성 직원을 제외하고 제가 유일한 여성이기도 했어요. 미답의 불모지를 스스로 개척해야 했습니다. 제 역할의 무게가 과도해 사무실 문을 잠가놓고 혼자 울음을 터뜨린 날도 있답니다.

직장 생활을 하면서 스스로 몇 가지 규칙을 세웠고, 그것을 반드시 지키려고 노력했어요.

먼저 인사하고 자주 웃어주기. 식당에서 상사 대접받지 않기. 어린 직원부터 식사 대접하기. 어린 직원의 좋은 일에 함께 기뻐하기. 직원들의 대소사를 챙겨주기. 업무 지시는 명령이 아니라 부탁하듯 상냥하게 하기. 이질감 있는 행동은 하지 않고 약자 편들기.

직장과 사회는 한마디로 정글이지요. 물리적 힘이 없고 조금만 삐끗해도 밀려나기 십상인 그 정글에서 어떻게 해야 살아남을까요? 저는 기본 예의를 갖춰 상대를 대하고 제 능력을 정중하고 겸손하게 표출하고자 노력했습니다. 선후배들과 인간적 따뜻함도 나눴고요.

언젠가 유튜브 영상에서 이런 댓글을 보았어요.

"선생님, 정말 반갑습니다. 제가 모시고 일했었는데…. 그때도 지금처럼 존댓말로 대해주시고 따뜻하셨어요."

댓글을 읽고 가슴을 쓸어내리며 생각했습니다.

'내가 직장에서 큰 실수는 하지 않았구나. 사람에게 보여준 예의는 오래 기억에 남는구나.'

내가 존중받으려면 먼저 남을 존중해야 한다는 생각이 듭니다.

나를 미워하는 이에게

경신　　첫 회사에 들어가자마자 선배 한 명이 저를 노골적으로 미워했어요. 그 선배는 제게 불리한 업무를 배정하고 큰소리로 비아냥대기도 했습니다. 다른 동료들과는 잘 지냈지만, 그 선배가 저를 대놓고 싫어하니 여간 불편한 게 아니었지요.

도대체 저 선배가 왜 나를 싫어할까? 내가 무슨 실수를 한 것일까? 어떻게 해야 마음을 돌릴 수 있을까? 이유를 찾으려 애썼어요. 싹싹한 태도로 말을 걸고 선배의 책상에 커피를 올려놓기도 했지만 싸늘한 반응만 돌아올 뿐이었지요.

몇 달간 심한 가슴앓이를 했어요. 그러던 어느 닐 다른 선배가 저를 부르더군요. 그 선배는 커피 한 잔을 내밀며 말했어요.

"A가 괴롭혀서 힘들지? 네가 이유 없이 싫다고 하더라. 걔는 네가 오기 전엔 다른 친구를 괴롭혔어. 그러니 너무 마음 쓰지 마."

분명 그녀의 미움에 이유가 있다고 생각했거든요. 그 미움의 이유를 찾으려 애쓰고 자책하고 눈치를 봤던 긴 시간이 떠올라 억울했습니다. 그녀는 저를 괴롭히다가 몇 달 후 다른 사람을 지목해 똑같은 행동을 반복하더라고요. 17년이 흘렀지만 지금도 그녀의 얼굴이 또렷이 생각납니다.

직장은 선택해서 들어가도 직장 내 사람은 선택할 수 없지요. 직장에서는 '미움을 받을 용기'를 내는 것도 '미움을 받아들이는 평정'을 유지하는 것도 쉽지 않습니다.

논나　　저런, 고약한 경험을 했다니 꼭 안아주고 싶네요. 미움을 받으면 참으로 곤혹스럽지요. 마주치지 않고 살면 좋으련만 직장에서는 쉽지 않잖아요. 경신 씨를 미워했던 그 선배는 끊임없이 누군가를 미워하고 자신을 사랑할줄 모르는 성향이라고 추측해봅니다. 애정 결핍의 성장기를 보냈을 거란 생각이 드네요.

타인이 나를 미워하면 어떻게 대처해야 할까요?

세상 모든 사람이 나를 좋아할 순 없어요. 한데 공교롭게도 사람에게는 누구나 사랑받고 싶은 욕구가 있지요. 그래서 누군가가 자기를 미워한다는 사실을 인지하면 슬프고 신경이 쓰입니다.

내게 등을 돌리는 사람도 있을 수 있음을 받아들여야 해요. "하느님도 안티가 수천만이다"라는 우스갯소리도 있잖아요.

나를 미워하는 이유가 없을 수도 있어요. 이유 없이 나를 싫어하다니! 황당하지요. 그렇지만 생각해보세요. 내가 누군가를 좋아하는 데 이유가 반드시 있나요? 미움도 똑같아요. 타인의 감정에 이유를 찾기 시작하면 그때부터 수렁에 빠지고 맙니다. 심지어 나를 미워하는 그 사람도 자기가 왜 나를 미워하는지 모를 수 있어요. 그 자신도 모르는 감정을 우리가 어떻게 명확히 헤아릴 수 있겠어요.

상대방의 마음을 얻으려고 애쓰지 마세요. 자기 마음도 수습이 안 되는데 남의 마음을 어떻게 수습하겠어요. 모든 이유를 내게서 찾으며 자신을 괴롭히지 마세요.

다만, 정공법으로 대응하는 방법도 있어요. 왜 나를 싫어하느냐고 직접 물어보는 것이지요. 그리고 상대방이 뭐라고 대답하든 혼자 생각하는 겁니다.

'어차피 너는 나를 못 이겨!'

오랜 시간 사람을 겪어보니 나를 싫어하는 사람에게 억지로 손을 내밀수록 내 마음만 힘들어지더라고요. 나를 싫어하는 사람은 내 인생에서 과감히 지우세요. 지울 수 없는 사람이라면 마음속으로 거리를 두세요. 나를 좋아하는 사람들과 시간을 보내기에도 부족한 게 인생이잖아요.

인간관계의 극적 변화

경신　연말이 다가오면 으레 연락처를 살펴보며 한 해를 돌아봅니다. 누구에게 인사를 전해야 할까 생각하지요. 아직 큰 경조사를 치뤄본 적은 없지만, 언젠가 그런 날이 오리라 여기며 주소록을 훑어보기도 합니다.

　제 카카오톡에 저장한 1천여 명의 연락처를 보니, 그중 80퍼센트 이상이 사회생활을 하며 만난 사람들이더군요. 그 많은 사람과 관계를 유지하기란 쉽지 않습니다. 현업을 그만두었을 때 관계를 지속할 수 있을지도 의문이고요.

　인간관계의 양이냐, 질이냐 그것이 고민입니다. 외로움을 느끼지 않으려고 연락처 목록을 채우는 데만 애쓰지는 않았는지 되돌아봅니다. 성공의 척도가 인맥이 얼마나 넓은지는 아닐 텐데요. 수치적 충족감이 실질적 행복감으로 연결되지도 않고요.

40대가 되니 슬슬 시간을 어떻게 사용해야 할지, 나이 들어 만날 사람이 없어서 고립감과 무료함을 느끼진 않을지 걱정이 앞섭니다. 은퇴는 새로운 시작일 수도 있지만 동시에 사회적 관계가 소원해지는 계기일 수도 있으니까요.

논나 사람은 본디 어딘가에 소속할 때 안정감을 느낍니다. 우리는 의도와 상관없이 학교, 직장, 모임 등 다양한 곳에 소속하고, 그것은 인간관계의 근간이지요. 그런데 젊은 시절의 인간관계는 은퇴하면서 한바탕 홍역을 치릅니다. 일종의 '관계 단절'이라는 의식을 치르지요.

은퇴하면 일만 끊기는 게 아니라 하다못해 명절 인사마저 딱 끊깁니다. 관계의 실상을 알고 나면 헛헛하지요. 덧없음을 깨닫고 부리나케 취미 활동을 찾고 종교에 관심을 기울이기도 합니다. 혹은 친구 무리에 합류하려고 일부러 식사 약속을 잡기도 하고요.

실은 은퇴 후 삶도 즐겁게 보낼 수 있습니다. 젊은 시절의 인연과 다른 새로운 관계가 생기기도 하니까요. 마음을 열면 고향도, 전공도, 직업도 다른 사람들을 폭넓게 만날 수 있어요.

흔히 "세상사 마음먹기에 달렸다"라고 하지요. 나이와 상관없이 인생을 관통하는 명언입니다. 정말이지 모든 것은 자기에게 달렸어요. 멋지게 늙어가는 사람이 얼마나 많은데요.

저는 지난주에도 새로운 친구가 생겼어요. 동네 주변을 산책하다가 집 앞을 청소하는 한 아주머니와 눈을 마주쳤어요. 서로 인사를 나누고 담소를 나누다 그녀의 집으로 초대를 받았지요. 인테리어에 관심이 많은 그녀를 우리 집에 초대해 디자인 책을 빌려주기도 했고요.

앞만 보며 정신없이 바쁘게 살던 젊은 시절엔 상상하지도 못했던 일이에요. 그 시절에는 느긋하게 산책하거나 목적 없이 누군가에게 말을 걸 시간이 없었어요. 지금은 시간이라는 재산이 풍족하거든요. 나이 들면 '시간 부자'가 되어 인생을 새로운 눈으로 보고 경험하는 즐거움이 쏠쏠하답니다.

행복한 개인주의자

경신　　점심시간 회사 근처 카페는 만석입니다. 우리가 언제부터 이토록 커피를 좋아하는 민족이었는지 고개를 갸우뚱할 정도입니다. 물론 저도 그 카페를 차지하고 앉은 사람 중 한 명입니다.

　커피를 좋아하냐고요? 아니요. 실은 일시적 불면증이 있어서 커피를 즐기지 않습니다. 커피를 마시더라도 디카페인 커피를 연하게 마십니다. 그마저도 맛을 즐기기보다 관계 유지를 위한 수단으로 활용하는 편에 가깝습니다. 점심을 먹고 커피 한잔 마시며 나누는 대화에서 제외되지 않기 위해서지요.

　담배는 또 어떤가요. 요즘은 건강을 생각해 금연하는 사람이 늘긴 했으나 회사 주변 공터에 가면 삼삼오오 모여 담배를 피우는 사람이 여전히 많습니다. 혼자 피우는 사람은 흔치 않습니다. 꼭 함께 나가 담배를 피웁니다. 이들의 논리도 비슷합니다. 담배를 피우며 업무 이야기도 하고 사내 정보도 얻는다고 하네요.

좋아서 하는 행동일 때는 문제가 없습니다. 하지만 현실을 보자면 관계에서 소외될까 두려워 동참을 선택하는 사람이 많습니다. 회식 자리에 빠지지 않고, 커피나 담배 무리에 속해야만 '개인주의자'라는 낙인을 피할 수 있는 우리 사회가 저는 가끔 숨이 막힙니다.

논나 저는 개인주의자입니다. "Live and Let Live"라는 표현을 좋아하지요. "나는 나대로 살고, 그들은 그들대로 살게 두자"라는 뜻입니다. 제가 이런 말을 하면 상대방은 보통 눈을 동그랗게 뜨지요. 그러면 저는 개인주의와 이기주의는 다르다고 설명합니다.

이기주의는 남이야 어떻든 내 권리만 중요하다는 태도잖아요. 얼마 전 저는 뉴스에서 극단적 이기주의의 단면을 보여주는 사건을 접했습니다. 사연은 이렇습니다. 고속버스 안에서 한 승객이 버스표 한 장을 샀음에도, 옆자리에 짐을 올려놓고 다른 사람이 앉지 못하게 하는 만행을 부려 기사와 옥신각신했다는 내용이지요. 그렇게 자기 이익만 추구하는 이기주의는 마땅히 지양해야 합니다.

개인주의는 달라요. 내 개성과 독립성을 강조하지만 타인의 권익을 침해하지 않는 쪽이지요. 집단의 화합을 깨지 않되 집단의 화합만을 우선하지 않아요. 능력껏 살되 타인의 능력을 무너뜨리려 하지 않고요. 남에게 폐 끼치지 않고 자유로우면서도 행복하게 살자는 태도를 지향합니다.

아름다운 개인주의의 예를 들어볼까요?

노르웨이의 아름다운 도시인 그림스타드에 있는 친구 집에 방문했을 때였어요. 친구 부부와 간단히 인사한 후 바비큐 숯불이 피어오르는 곳으로 갔지요. 테이블 위에 각종 해산물, 고기, 채소가 종류별로 수북이 쌓여 있었습니다. 친구는 제게 바비큐용 꼬챙이를 건네며 원하는 재료를 꽂아 숯불에 올려놓으라고 하더군요. 주인이 일방적으로 바비큐 꼬챙이에 끼워 준비하면 손님이 원치 않는 재료를 억지로 먹어야 하거나 버려야 할 테니 손님을 배려하는 취지라는 설명을 덧붙이면서요.

이 얼마나 합리적 개인주의인가요. 내 입에 맞는 재료는 나만 알잖아요. "이게 얼마나 맛있는 건데, 왜 이걸 안 먹니?"라면서 체질에 맞지 않는 음식을 강권해서 먹이는 과한 친절이 가끔은 버거웠기에, 저는 그들의 배려심 깊은 개인주의가 고마웠습니다.

프랑스어에 톨레랑스tolérance라는 단어가 있습니다. 직역하면 관용, 포용력이라는 뜻이에요. 부모와 자식, 연인, 친구, 스승과 제자, 직장 동료 등 그 어떤 사이에서도 '너와 내가 다른 게 당연하지!' '다른 것일 뿐 틀린 것이 아니야'라고 인정해줘야지요. 내가 타인을 자유롭게 해줘야 나도 자유로워질 수 있지 않을까요? '그래, 그럴 수도 있지'라고 생각해주는 마음, 그게 지금 우리 사회에 가장 필요하다고 생각해요.

저는 우리 사회에 행복한 개인주의자가 더 많아졌으면 좋겠어요.

상처와 용서

경신 〈밀라논나〉를 제작하면서 제가 가장 큰 보람을 느낀 영상은 고민 상담 시리즈 '논나의 아지트(아미치 멘털을 지키기 위한 트레이닝)'입니다. 댓글을 살피다가 고민을 털어놓는 분들이 많아 상담 콘텐츠를 기획했는데, 반응이 뜨거웠어요. 그중에서도 아미치들이 가장 많이 상담을 의뢰한 주제는 '미움'이었습니다.

어릴 적 성폭행한 오빠와 그를 두둔한 부모를 용서할 수 없어 괴롭다는 사연은 특히 마음이 아파 기억에서 사라지지 않네요. 나와 뚜렷이 비교될 정도로 무엇이든 완벽하게 해내는 친구가 얄밉다는 사연, 돌아가신 어머니에게 생전에 모진 말을 한 자신이 밉다는 사연도 있었습니다. 당시

선생님은 이런 말씀을 하셨어요.

"가장 위대한 복수는 용서입니다. 용서하면 내가 홀가분해집니다. 내 내면아이를 안아주고 위로해주세요."

이 말씀에 많은 사람이 공감했지요. 반면 꼭 용서해야 하느냐고 반문하는 사람도 있었습니다. 그런 상처를 준 사람은 용서할 수 없다는 사람도 많았고요. 그때 바로 속편을 제작하지 못한 것이 못내 아쉬움으로 남아 다시 여쭤봅니다.

내게 상처를 준 사람을 꼭 용서해야 할까요?

논나　　아미치들이 한 질문이 기억납니다. 그 영상을 내보낸 뒤 댓글이 1천여 개 달렸는데 하나하나 다 읽어봤어요. 짧은 시간 동안 10여 가지의 고민을 상담해야 하는 상황이라 고민의 크기에 비해 너무 부족한 답을 준 것이 아쉬웠는데 이런 기회를 주어 고맙습니다.

미움이라는 감정은 아주 보편적입니다. 저도 저를 힘들게 하는 사람은 미워합니다. 부모님과 남편, 자식도 예외일 수 없지요. 미움이 생기지 않는 것은 성인군자에게나 가능한 일입니다. 그렇다면 그 미움이라는 감정을 어떻게 처리할 것인지 고민해보는 것이 맞겠지요.

마음에 미움이 올라오면 저는 혼자 생각해봅니다. 미움이라는 것도 에너지잖아요. 이 부정적 에너지를 내 미음속에 계속 쓰레기 더미로 쌓아 올려야 할까? 왜 피해자인 내게 또다시 고통이 남는 걸까? 그런 생각 끝에 내린 결론은 나를 위해 내 마음을 다스려야 한다는 것이었습니다.

내게 상처를 준 사람이 사법적 처분이든, 신의 처분이든 벌을 받는다고 생각해볼까요. 그걸로 내 마음의 울분이 모두 가라앉지는 않아요. 고로 내 마음의 끝은 역시나 내 몫이라는 결론에 도달합니다.

제가 생각하는 용서는 타인을 무조건 이해하고, 그가 내게 한 잘못을 무작정 받아들이자는 게 아닙니다. 저는 내 마음속의 부정적 쓰레기를 버리는 과정이 용서라고 생각합니다. 피해자는 대부분 그 상황을 피하지 못했던 자신을 향한 분노와 원망도 함께 지니고 있습니다. 하지만 당신의 잘못이 아닙니다. 자책하지 마세요.

저는 스스로를 향한 분노의 감정을 먼저 정리하고 내려놓으라고 말하고 싶어요. 힘들고, 억울하고, 속상하고, 분해서 감정의 소용돌이에 휩싸인 내 내면아이를 안고 위로해주세요. 내가 나를 이해하고 내 편을 들어주는 것이 나를 가두는 고통에서 벗어나는 첫걸음입니다.

진심의 시너지

경신　　광화문의 한 작은 빵집에서 선생님을 처음 뵌 날이 떠오릅니다. 박은주 선배와 담소를 나누고 계시던 백발의 멋쟁이가 바로 선생님이었지요. 저는 지금도 그 장면이 마치 영화처럼 생생하게 눈앞에 그려집니다. 잠시 목례를 나눴을 뿐인데 선생님 얼굴에서 빛이 나는 것 같은 강렬한 느낌을 받았거든요. 그날 바로 박 선배에게 선생님과 유튜브를 찍고 싶다고 말했지요.

〈밀라논나〉 프로젝트를 진행하면서 감동받은 순간이 참 많았습니다. 매 순간 '삶이란 무엇인가'를 고민하며 삶의 정수를 체험했어요.

100번을 촬영하는 동안 선생님은 늘 약속 시간에 맞춰 빈틈없이 준비를 끝내고 촬영팀을 맞아주셨습니다. 젊은 이들이 고생하는데 폐를 끼칠 수 없다며, 촬영 전날이면 칩거한 채 컨디션을 관리하셨던 것도 기억납니다. 또 제작진이 촬영 주제를 요청하면 그야말로 마음을 다해 방법을 모색해주셨지요. 몇 번이고 "이렇게 하면 더 나을까요?"라고 물어보시던 모습이 참 인상적이었어요. 돌이켜보니 선생님 연세에 그런 열정을 매 순간 보여주셨다는 게 신기할 따름입니다.

저와 제작진을 품어준 그 마음은 진심이었어요. 저희보다 사회생활을 50년 먼저 한 선생님 눈에 부족한 점이 얼마나 많이 보이셨겠어요. 그런데도 내색하지 않고 늘 제게 "대장님 말에 무조건 따르지요"라고 웃으며 말씀하셨지요. 선생님과 100번의 촬영을 마친 후, 선생님이 제게 보내주신 신뢰가 얼마나 귀하고 소중한 것인지 새삼 깨달았습니다.

논나 　한 가지 고백할까요? 이제야 말이지만 첫 촬영 날 현장에 있던 경신 씨의 모습이 기억나지 않아요. 제 머릿속에 '이경신'이라는 존재가 들어온 건 본격적으로 유튜브 제작 논의를 하던 때입니다. 제가 밀라노에 있어서 메신저로 소통한 까닭에 경신 씨 표정은 보이지 않았지만 단박에 고집 센 양반이라는 걸 알았어요. 공손한 태도의 내면에 어떤 단단함이 있다는 느낌이 들었지요. 결국 제가 많은 조건을 양보해야 했지만 '이 양반이라면 믿고 일할 수 있겠구나' 싶은 제 감을 믿어보기로 하고 유튜브를 시작했지요.

사람을 보는 제 눈이 틀리지 않았다는 건 곧바로 드러났지요. 많은 브랜드에서 광고 요청이 밀려들었잖아요. 대기업 제품의 광고 제안이 들어왔을 때였습니다. 경신 씨는 제작비 마련을 위해 광고를 진행하고 싶다고 했지요. 사실 제품에 문제가 없어 거절 의사를 밝히지 못했지만, 제가 사서 쓰지 않는 고가의 제품군이라 영상에서 소개하려니 마음이 무거웠습니다. 밤에 잠이 오지 않을 정도였어요.

결국 촬영 전날 경신 씨에게 슬쩍 고민을 털어놓았는데, 제 말을 들은 경신 씨는 고민 끝에 광고 촬영을 취소하더군요. "선생님 신념에 반하는 수익 창출을 하면 채널 정체성을 유지할 수 없을 것 같다"라고 하면서요. 저도 마케팅을 해본 사람이라 계약 취소가 얼마나 어려운 일인지 잘 알았기에 경신 씨의 결단이 더 고마웠어요. 그때 결심했지요. 앞으로 이 친구가 하자는 것은 무엇이든 따르겠다고요. 정말로 우리는 더할 나위 없이 좋은 파트너로 일했습니다.

우리의 인연은 생각할수록 경이롭습니다. 경신 씨 덕분에 일흔 살 나이에 느닷없이 유튜브라는 플랫폼에 데뷔해 많은 사람에게 응원을 받는 할머니가 됐잖아요. 그것도 감사하지만 〈밀라논나〉 프로젝트를 하면서 경신 씨라는 좋은 친구를 만나 즐거웠습니다.

사람의 마음을 얻는 게 어려운 이유는 일반적으로 눈앞의 이익이 먼저 보이기 때문입니다. 그래서 그걸 외면할 줄 아는 사람은 마음에 더 깊이 남습니다. 그만큼 진심이 느껴지니까요. 멀리 돌아가도 사람의 마음에 가장 빨리 가닿는 방법은 진심입니다.

불가근불가원

경신　20년 지기가 있습니다. 스무 살에 만난 윤다는 웃는 모습이 화사한, 밝고 따뜻한 친구입니다. 첫눈에 친구가 되고 싶어 용기를 내 먼저 말을 걸었고, 곧바로 친해진 우리는 20년간 같은 길을 나란히 걷고 있습니다.

　대학 시절 그녀의 집안 형편이 어려워졌습니다. 윤다는 아르바이트로 늘 바빴지만 친구 중 누구도 그녀의 형편이 어려운 줄 몰랐습니다. 한 번도 힘든 티를 내거나 형편을 이유로 열외를 요청하지 않았거든요. 일해서 번 돈은 고향 집에 보내고 학비는 장학금으로 충당했습니다. 어린 나이에 그러느라 얼마나 발을 동동 굴렀겠어요.

　졸업 후 방송에 발을 내디뎠을 때도, 결혼하고 아이를 낳았을 때도, 사업을 시작할 때도, 제가 가장 가까이에서 모든 것을 지켜봤지만 그 친구는 늘 한결같았습니다. 윤다는 가장 친한 제게도 이런저런 하소연을 하거나 도움을 청하는 일이 없었습니다.

저는 가장 친한 친구가 제게 좀처럼 의지하지 않는 것이 의아하기도 하고 서운하기도 했어요. 진정한 친구라면 어려운 사정을 함께해야 한다고 생각했는데 제가 친구를 위해 할 수 있는 일이 많지 않다고 느꼈거든요.

그러던 어느 날 그녀의 남편에게 뜻밖의 이야기를 들었습니다. 친구가 저와 함께 밤을 새우며 공부하던 때, 방송국 취업을 준비하던 때 등 지난날을 아주 소중한 추억으로 기억하고 있다고요. 꼭 성공해서 제게 받은 도움을 갚고 싶다고 했다는 말을 전해 듣고 눈물이 핑 돌았습니다. 그저 함께하는 것만으로도 힘이 될 수 있음을 저는 몰랐던 겁니다.

오해는 풀렸지만 여전히 궁금합니다. 어떻게 하면 이 소중한 관계를 40년, 60년 계속 이어갈 수 있을지 말입니다. 노력 없이 유지할 수 있는 인간관계는 없잖아요. 이 우정을 지키기 위해 제가 무엇을 해야 할지 고민입니다.

논나   17세기 스페인 철학자 발타자르 그라시안이 이런 말을 했지요.

"친구를 갖는다는 것은 또 하나의 인생을 갖는 것이다."

도와달라고 말하지 않아도 나서서 돕고 싶고, 계속해서 관계를 지켜나가고 싶은 좋은 친구가 있다는 건 삶의 커다란 동력이지요. 제가 인간관계에서 지키고 싶은 태도는 불가근불가원不可近不可遠입니다. "너무 가깝지도 않게, 너무 멀지도 않게"라는 뜻이지요. 한마디로 적당히 거리를 둔다는 의미입니다. 저는 MBTI 첫 자리가 I에 가까운 내향형 사람으로 제 시간을 절대적으로 고수하려 합니다. 그래서 친구들과 몰려다니기를 좋아하는 편이 아니지요. 제 시간을 아껴 쓰고 싶거든요.

저는 고등학교 3학년 때 만난 친구와 가장 친합니다. 그 친구와 저는 1년에 한두 번 만나지요. 1년에 고작 한두 번 만나는 데 친한 거냐고요? 그래도 '친구' 하면 그 친구가 가장 먼저 생각나고, 그 친구의 아픔과 기쁨을 제 일처럼 크게 느낍니다. 우리는 진심으로 서로의 안녕을 바라지요.

일흔 살 넘어서도 고3 때 친구와 관계를 유지하는 비법을 묻는다면, 저는 친하다고 너무 많은 걸 공유하려 하지 않았다는 걸 꼽고 싶어요. 나와 모든 게 맞는 사람이 최고의 친구는 아니니까요. 더구나 내가 오늘 뭘 먹었고, 뭘 봤고, 누구를 만났고 등의 정보를 친구가 시시콜콜 알아야 할 이유가 있을까요? 진구가 궁금해하면 기꺼이 말해줄 수 있지만 제가 먼저 이야기하지는 않습니다.

같은 이유로 저는 제 이야기를 하기 위해 전화통화를 하지 않습니다. 우리 주위에는 자기 이야기를 하고 싶어서 연락하는 사람이 넘쳐나잖아요. 저라도 친구가 한정적 시간과 에너지를 소모하지 않도록 배려해야지요. 물론 친구에게 주기적으로 연락은 합니다. "별일 없니?" "그렇지 뭐." 간단히 안부를 물으며 친구의 사정을 살피지요.

이걸 두고 우정을 지키기 위한 노력이라 하기엔 싱겁다 할 수 있어요. 그런데 친구 사이도 불처럼 타올랐다가 작은 일로 서로 서운해하며 멀어지는 일이 왕왕 벌어집니다. 지키고 싶은 친구가 있다면 오히려 바라는 것 없이 적당한 거리를 유지하려 노력해보라고 권하고 싶네요.

오롯이 내 인생이잖아요

어른의 예의

경신   '어른의 예의'라는 글이 소셜미디어에서 화제가 된 적이 있습니다.

"첫째, 남의 서랍은 열지 않는다(사적 비밀에 호기심을 갖지 않는다).

둘째, 뭔가 지르면 부러워해준다.

셋째, 지나간 일을 꺼내지 않는다.

넷째, 조언하기 전에 감탄부터 한다.

다섯째, 친구를 사귀려면 칭찬과 선물을 한다.

여섯째, 뭔가가 좋다고 말할 때 찬물을 끼얹지 않는다."

이 글에 세대를 불문하고 공감했습니다. 선생님에게 어른의 예의란 무엇인가요?

논나　당연한 예의가 회자되고 있다니 재미있지만 씁쓸하네요. 예의를 갖춘 어른이 많지 않나 봅니다.

첫째, 저는 '나 때는—'으로 시작하는 말을 하지 않으려고 합니다. 시대가 바뀌었잖아요. 생성형 인공지능과 경쟁하는 시대를 사는 젊은이들에게 손편지로 소통하던 때의 경험이 도움이 되겠어요? 저는 필요치 않은 도움을 주겠다는 오만함을 경계합니다.

둘째, 가능하면 젊은이들에게 양보하는 삶을 살려고 노력합니다. 인생의 전성기를 보내는 사람들의 시간이니 얼마나 소중하겠어요. "바쁠 텐데 먼저 가세요"라고 하는 게 뭐가 어렵나요. 지하철을 탈 때나 운전할 때, 길을 걸을 때 그리고 약속을 잡을 때도 저는 젊은이에게 우선권을 주려고 노력합니다.

셋째, 새로운 문화를 이해하려 노력하되 그것을 흉내 내거나 평가하지 않습니다. 젊은 시절 저도 열 손가락 모두 다른 색으로 매니큐어를 칠하고 미니스커트도 입었어요. 당시 어른들이 혀를 끌끌 찼지만 남에게 피해를 주는 것도 아니니 개의치 않았지요. 지금 젊은이들도 마음껏 개성을 드러내라고 응원하고 싶습니다. 하고 싶은 걸 다 하세요.

마지막으로, 남에게 도움을 줄 때 공치사를 하지 않고 그 일을 최대한 빨리 잊으려고 합니다. 가진 게 더 있어서 더 베풀 수 있으면 그것으로 만족하지요.

　나이 듦을 긍정하며 그 과정에서 품격을 유지한다면, 충분히 아름다운 어른이 될 수 있다는 생각이 들어요.

매 순간 삶에 충실하며
마음껏 사랑하세요

7
부

사
랑
하
기

취약한 부모와 자식

경신　얼마 전 어머니를 모시고 종합병원에 다녀왔어요. 가끔 어지러운데 그 이유를 알 수 없다고 해서요. 1차 병원에 갔더니 큰 병원에서 정밀 검사를 받아보길 권했다고 하여 심장이 철렁 내려앉았지요.

종합병원 대기실에 앉아 주위를 둘러보니 아픈 사람이 꽤 많더군요. 혼자 온 사람도 있고 보호자와 함께 온 사람도 있고요. 제 처지와 비슷해 보였기 때문일까요? 그중 부모의 보호자로 온 제 또래의 표정을 가만히 지켜보다가 묘한 공통점을 발견했지요. 어딘가 모르게 화난 표정이더라고요. 저도 대기실에서 걱정하며 앉아 있는 내내 알 수 없는 이유로 불편함을 느꼈습니다.

'걱정을 넘어선 그 불편한 감정이 뭘까'라고 곰곰 생각해 봤어요.

가만히 제 감정을 마주하니 그건 두려움이더라고요. 부모의 약함과 맞닥뜨리는 순간이 두려웠나 봐요. 내 의지와 상관없이 지금까지 나를 보호해주던 첫 번째 보호막을 벗어야만 하는 상황이랄까요. 어머니는 언제까지나 저를 지켜줄 줄 알았는데 언제 이렇게 늙고 약해지셨는지 새삼스러웠어요.

우리는 평소 다람쥐 쳇바퀴 돌듯 반복되는 일상의 소중함을 잊고 살지요. 그러다가 병원 침대에 누우면 평범한 일상을 사무치게 그리워합니다. 먹고 걷는 것조차 내가 아닌 누군가의 도움을 받아야 하기도 하지요. 당연하게 여긴 것들이 당연해지지 않는 순간이 저에게도 오겠죠? 저야말로 어머니를 모시고 병원에 가서야 나이 든 어머니의 현실을 실감했네요. 어머니가 늘 그 상태 그대로 계시리라 착각하며 무심했던 저를 반성합니다. 어머니는 장롱처럼 제 일상의 붙박이 같은 존재가 아니셨어요. 어머니의 노쇠를 보니 "세월 앞에 장사 없다"라는 속담이 새삼 실감나네요.

논나   이해해요. 병원에 가서 아픈 부모를 보고 있자니 왜 마음이 복잡하지 않겠어요. 그 복잡하고 무거운 마음이 바로 어른의 무게가 아닐까요? 한없이 강할 것 같던 부모가 이제 약해지셨음을 알아가는 것이지요. 부모도 한 인간입니다. 전지전능한 존재가 아니지요. 그들도 나약한 인간입니다. 그것도 노쇠하는 인간이지요.

저도 병원에 가서 노인을 모시고 온 자녀들을 살펴본 적 있어요. 그런데 '우리 부모 안 됐다'라는 표정보다 살짝 지친 표정이 더 많더군요. 부모가 70대, 80대면 자식은 40대 정도인데 연차를 내고 병원에 왔겠지요. 한창 바쁠 땐데 왜 짜증이 나지 않겠어요. 그러나 부모의 부모 노릇을 해줄 때 진짜 어른이 되는 거라고 합니다.

어떤 동물은 더 크게 자라려고 허물이나 껍질을 벗는 과정을 거치잖아요. 인간에게는 부모를 보살피는 상황이 왔을 때가 정서적 탈피 순간이 아닌가 싶네요. 그 순간은 두렵고 아프지만 우리를 더 단단하게 만듭니다.

반대로 부모 입장의 이야기를 해볼까요? 저는 그런 순간이 참 서글프더라고요. 내 힘으로 할 수 있는 일이 점점 줄어감을 느끼는 순간 말이에요.

병원에 갈 때도, 큰 결정을 할 때도 이제는 아들을 찾습니다. 또 갈수록 능률이 떨어집니다. 예전에는 열 가지 계획을 세우면 그 열 가지를 다 했는데, 이제는 다섯 가지를 해내기도 힘들 때가 많아요.

그렇지만 생각을 바꿔볼 수도 있어요. 저는 저 장명숙에게 계속 새로운 기능을 선물하려고 해요. "내가 직접 스마트폰으로 택시를 불러보자." "식당에서 키오스크로 주문해보자." 일상의 소소한 기능부터 직접 해보는 것이지요. 세월이 한 가지를 가져가도 새로 한 가지를 채우면 선방하는 셈 아닌가요?

사과의 쓸모

경신 저는 감정 표현에 서툰 사람입니다. 살면서 꽤 많은 순간에 '내 마음을 솔직히 말할 수 있다면 얼마나 좋을까?'라고 아쉬워했어요. 좋아도, 싫어도, 고마워도, 미안해도, 제 마음을 충분히 전하기가 어렵더라고요. 특히 마음을 표현하기 어려운 대상은 가족이에요.

어머니는 대전에서 서울로 올라올 때마다 제가 좋아하는 반찬을 가득 해오십니다. 고맙다고 살갑게 인사하면 좋을 텐데 쑥스러워요. 그저 평소보다 밥을 더 맛있게 먹는 모습으로 고맙단 인사를 대신하는 무심한 딸입니다. 유난히 밉살스럽게 굴 때도 있어요. 입에서 왜 제 마음과 달리 정나미 떨어지는 말이 나오는지 모르겠어요.

유독 춥고 눈이 많이 오던 어느 날이었어요. 어머니는 여느 때와 다름없이 양손 가득 반찬을 싸 들고 서울로 올라오셨어요. 그날따라 버겁게 걷는 어머니의 모습을 본 제 입에서 퉁명스러운 말이 튀어나왔지요. "팔도 아프면서 왜 무겁게 이런 걸 해오세요!"라는 말에 어머니가 얼마나 서운하셨겠어요. 아차, 싶었지만 이미 말은 제 입을 떠났고 저는 끝내 사과하지 못했어요.

왜 어머니에게는 유독 고맙다, 미안하다, 사랑한다 말하기가 더 힘든 걸까요?

논나　　어린 시절 저는 어머니 때문에 상처를 많이 받았습니다. 심한 고부갈등을 겪은 어머니는 가끔 제게 "임신 중 시어머니를 미워해서 꼭 할머니를 닮았다"라며 가시 돋친 말씀을 하셨지요. 이유 없이 야단을 맞을 때면 어린 나이에 울기도 많이 울고 원망도 했습니다.

그럭저럭 수십 년이 흘렀네요. 툭하면 울던 그 꼬마는 아들 둘을 다 키워낸 할머니가 됐고, 그 곱던 어머니는 치매에 걸리셨어요. 병환 후 어머니는 모든 것이 흐릿했지만 저만은 마지막까지 기억하셨습니다.

어느 날 말간 얼굴로 저를 한참 바라보던 어머니가 갑자기 이런 말씀을 하시더군요.

"명숙아, 내가 미안하다. 나를 가장 많이 이해해주고 도와주던 큰딸이었는데…. 너를 믿거라. 네게 함부로 대했다."

평생 제 안 어딘가에 웅크리고 있던 열 살 장명숙이 그때 눈물을 그쳤습니다.

가족끼리 실수할 수 있지요. 부모도 자식도 그저 인간일 뿐인걸요. 그래도 만약 실수로 가족에게 상처를 줬다면 꼭 사과를 전하세요. 사과 한마디는 상처의 순간에 갇힌 사람을 다시 살게 합니다.

덜 아프게 헤어지는 방법

경신　　몇 년 전 가수 L 님이 텔레비전에서 남자친구와 이별하는 방법을 이야기한 적이 있는데, 아주 인상 깊었어요. 그녀는 사귀던 사람과 헤어질 때 절대 문자 메시지나 전화 통화로 통보하지 않고 직접 만나 어떤 점이 힘들었는지 솔직한 심정을 이야기한다고 합니다. 그리고 단칼에 끊지 않고 상대에게 받아들일 시간을 준다고 하더군요. 그 사람이 힘들어하면 어느 기간까지는 만나서 이야기를 들어주며 받아들이도록 기다려준다는 것이지요.

　그녀의 말이 유독 인상 깊었던 이유는 실제로 그렇게 이별하는 것은 무척 힘들기 때문이에요. 관계를 정리하기로 결심했을 땐 이미 상대에게 깊이 실망했거나 상처를 받은 이후잖아요. 애정도 식었을 테고요. 그런데도 상대가 정리하도록 일정 기간 기다려준다는 게 저로서는 상상이 가지 않네요. 저 같으면 상처받은 제 마음을 어루만지느라 상대의 마음은 거의 헤아리지 못할 듯합니다.

연인, 친구, 비즈니스 파트너 등 다양한 인간관계에서 어떻게 하면 서로 상처를 덜 받으며 관계를 정리할 수 있을까요?

논나 L 님은 꽤 현명한 이별 방법을 터득했네요. 인간관계는 복잡하고 다양한 감정의 직조로 이뤄집니다. 우리는 그 관계에 기반해 삶의 의미를 발견하고 경험을 공유하며 함께 성장해가지요. 그러다가 그 관계가 수명을 다하면 우리는 헤어질 결심을 합니다.

헤어질 때는 당연히 예의가 필요합니다. 그 예의는 표면적으론 상대를 향하지만 본질적으로는 나를 향한 것입니다. 관계는 내 선택으로 시작해 상호작용으로 무르익다가 끝이 나는 거잖아요. 그러니 그 경험을 통째로 부정하기보다는 잘 정리해서 보내는 것이 좋습니다. 그것이 정신 건강에도 이롭답니다. 관계를 과격하게 끝내면 장기적으로 더 많은 스트레스와 후회를 낳을 수 있어요. 또한 이별 경험으로 얻은 교훈은 내가 다른 사람을 만나 새로운 관계를 맺을 때 도움을 줍니다. 그런 만큼 마무리는 정말 중요합니다.

이별할 때 고려해야 할 것은 또 있습니다. 우리네 인생은 예측할 수 없이 흘러가지요. 지금은 헤어지지만 언젠가 오늘 멀어진 사람과 다시금 길이 교차할 수 있어요. 쉽게 말해 그 사람과 어떤 인연으로 다시 만날지 모릅니다. 만약 과격하게 혹은 비난하는 방식으로 관계를 마무리하면 나중에 그것이 발목을 잡는 악연이 될 수도 있습니다.

시간이 흐르면서 사람은 변하기도 합니다. 어느 정도 시간이 지나며 오해가 풀릴 수도 있어요. 이별하는 순간에 예의를 지키면 나중에 다시 만났을 때 서로를 향한 마음이 더 개방적일 수 있겠지요. 설령 다시 만날 일이 없을 거라 생각해도 좋지 않은 마무리는 피하는 게 바람직합니다.

이별의 순간에는 대개 마음이 아프고 심경이 복잡하지요. 하지만 이렇게 생각하며 담담히 보내주는 게 어떨까요?

'우리는 목적지가 다르구나. 이제 너는 내 인생의 기차에서 내려도 좋아. 나는 내 길을 계속 갈게.'

사랑이란 이름의 폭력

경신　데이트 폭력 기사가 남 일로 느껴지지 않았습니다. 헤어지자는 말에 격분해 상대를 폭행하는 사건은 흔하게 볼 수 있습니다. 여성 피해자가 대부분이지만 남성 피해자도 있다고 해요. "좋아서 만난 것 아니냐.""남자가 여자에게 당하냐. 창피한 줄 알아라."이처럼 오히려 피해자를 비난하는 발언은 피해자를 숨게 만듭니다.

저도 처음엔 데이트 폭력이 왜 일어나는지 잘 이해하지 못했습니다. 하지만 전문가들의 말을 들어보니 그렇지 않더라고요. 연인 관계다 보니 가스라이팅을 당하기 쉽고, 만나는 동안 반복되는 폭력으로 무기력한 상태에 빠지는 경우 역시 많다고 합니다. 또 도움을 청해도 사생활 문제라며 주변 사람들이 잘 나서지 않는 것도 데이트 폭력의 덫이 된다고 하고요.

어떤 경우든 폭력은 나쁜 일입니다. 특히 데이트 폭력은 사랑이라는 가면을 쓴 폭력이라 피해자의 마음에 더 큰 상처를 남기는 범죄입니다. 그러니 그 범죄의 형량을 현행보다 훨씬 더 높여야 한다고 생각합니다.

논나 몇 년 전 데이트 폭력 현장을 목격했습니다. 그때 저는 지하철에 타고 있었지요. 어느 역에서 정차한 순간 열차 밖에서 한 젊은 남자가 소리를 지르며 가냘픈 여자를 주먹으로 마구 때리는 광경을 본 것입니다. 지금도 그 장면이 마치 어제 본 광경처럼 생생히 떠오릅니다.

전 세계에서 가정 폭력이나 데이트 폭력으로 생명을 잃는 여성의 수가 상상 이상으로 많아 놀란 적이 있습니다.

제 기억에 남은 또 다른 사연도 있습니다. 어느 날 텔레비전을 보는데 이탈리아의 한 예능 프로그램에 남녀가 나와 춤 대결을 벌이고 있었습니다.

그날 출전한 여성은 여느 모델보다 아름다운 데다 춤도 기가 막히게 잘 추었지요. 그녀는 한쪽 눈에 금빛 안대를 하고 있었는데 그녀가 털어놓은 사연은 충격적이었습니다.

이별 통보에 분노한 옛 남자친구가 그녀의 얼굴에 염산

을 뿌려 한쪽 눈을 실명했다는 것이었지요. 그 여성은 충격과 공포로 무너졌지만 아픔을 승화하기 위해 춤을 추었고, 그녀의 상처를 보듬어준 새로운 남자친구와 사랑에 빠졌다는 사실도 그 자리에서 공개해 큰 박수를 받았습니다.

제가 유난히 싫어하는 노랫말이 있습니다. 바로 "You are mine"처럼 사람을 소유물로 표현하는 것입니다. 특히 잔인한 데이트 폭력이 많은 이탈리아에 그런 노랫말이 많은 것은 정말 우연의 일치일까요. '넌 내 것인데 감히 어디로 도망을 가?'라는 탐욕스러운 소유욕, '넌 내 것이니 내 맘대로 해도 된다'라는 식의 폭력적 마인드 탓에 각종 데이트 폭력 사건이 일어나는 게 아닐까요?

저는 젊은이에게 '너는 내 것'이라고 애정을 고백하는 상대를 특히 조심하라고 당부하고 싶습니다.

경신 씨 말처럼 사랑이라는 가면을 쓴 폭력을 이 사회에서 몰아내려면 저같이 아들 키우는 어머니들이 더 노력해야 한다고 생각합니다. 어릴 때부터 아이들에게 폭력의 비인간적 면을 가르쳐야 하지 않을까요.

마지막으로 어쩌다 데이트 폭력의 희생양이 되었다면 그 트라우마에 무너지지 말고 이탈리아의 춤추는 여성처럼 자신의 삶을 다시 가꿔가도록 용기를 잃지 말라고 말해주고 싶네요.

드라마와 현실의 다른 점

경신   여성이 아이를 낳고 6주 정도 특별 관리를 받는 이른바 '산후조리'는 우리나라의 독특한 문화라고 들었습니다. 산모는 몸을 회복할 때까지 각별히 주의해야 한다는 것은 만국 공통이지만 다른 나라의 방식은 우리나라와 좀 다른 모양입니다. 대표적으로 영국 왕세자비 케이트 미들턴은 출산 후 일곱 시간 만에 붓기 없는 모습으로 하이힐까지 신고 대중 앞에 서면서 화제가 되기도 했지요.

제가 태어났을 때 어머니는 평생 기억에 남을 산후조리를 하셨다고 합니다. 1980년대에는 산후조리원이 흔치 않아 보통 친정어머니의 도움을 받으셨다고 해요. 그런데 제 어머니는 친정어머니 대신 시어머니의 보살핌을 받으셨습니다. 며느리들은 대개 시어머니를 좀 껄끄러워하는 편인데 제 어머니는 재밌게도 시어머니, 그러니까 제 친할머니가 더 정겹고 편하게 느껴졌답니다.

하긴 그럴 만도 합니다. 제가 자라면서 본 친할머니는 당신의 친딸인 고모들과 견주어도 부족함이 없을 만큼 며느리인 어머니를 살뜰히 챙겨주셨거든요. 식사 시간에는 어머니가 함께 식사할 때까지 먼저 수저를 드는 법이 없으셨고, 설거지는 늘 고모들 몫이었습니다. 며느리에게 큰소리 한번 낸 적도 없으셨습니다. 간혹 부부간에 갈등이 생기면 아버지보다 어머니 편을 들어주셨고요.

다시 산후조리 이야기로 돌아가면 제 어머니는 첫째인 저를 낳고 한 달이나 극진하게 보호받으셨습니다. 뜨끈한 방 안에서 한 발짝도 움직이지 않도록 모든 도움을 받으셨대요. 매끼 미역국을 준비해 방에 차려주고, 제 기저귀는 물론 어머니 옷까지 모두 직접 빨래를 해줬다는군요. 몸살로 아플 때는 마사지도 해주고요. 덕분에 어머니는 출산 이후 건강이 더 좋아지셨다고 합니다.

저는 어머니에게 친할머니가 얼마나 훌륭한 분인지 들으며 자랐습니다. 지금도 그 이야기를 들을 때면 친할머니에게 감사해서 마음이 몽글몽글합니다. 저는 제 경험에 기반해 드라마에서 묘사하는 고부갈등은 일부에게만 벌어지는 일이라고 믿고 싶습니다.

논나　와! 경신 씨가 왜 이리 심신이 건강한가 했더니 그런 사랑을 대물림받은 덕분인가 보네요. 어머니는 대단히 선택받은 분입니다. 부럽기까지 하네요.

안타깝게도 저는 주변에서 훌륭한 시어머니 모델을 별로 못 봤어요. 제 시어머니는 남존여비 사상이 심해 아들을 선호하는 마음을 며느리에게도 드러내셨지요. 특히 첫째로 딸을 낳은 손위 동서는 산후조리를 제대로 하지 못해 쌓인 설움이 이만저만이 아니었어요. 나중에야 시어머니가 "내가 옛날 사람이라 모르고 그랬다. 내가 혼자 아기 낳고 미역국 끓여 먹던 시절을 보내 실수했구나. 미안하다"라고 사과하셨지요.

이 정도로 당신이 실수했다고 인정하면 그나마 양호한 편이지요. 어른들이 당신의 실수를 인정하는 게 쉽지 않잖아요?

유럽의 고부 관계는 좀 다릅니다. 저는 절친한 이탈리아 친구 니콜레타가 며느리를 대하는 걸 보면서 놀란 점이 많습니다. 니콜레타에게 며느리는 철저하게 아들과 사는 동반자일 뿐입니다. 고부간의 호칭도 서로 이름을 불러주는 수평 관계지요. 시어머니는 어머니도 아니고 어머'님'이라고 불러야 하는 문화에 익숙한 제가 시어머니 이름을 부르는 광경을 보고 얼마나 놀랐을지 생각해보세요.

니콜레타의 며느리는 주말마다 시댁을 방문합니다. 다만 손님처럼 곱게 차려입고 와 시어머니가 차려주신 점심을 먹고는 설거지나 뒷정리를 거들지 않고 잘 먹었다는 인사만 하고 바로 떠납니다.

한번은 제가 조심스레 물어본 적이 있습니다. 주말마다 식사에 초대하는 것이 힘들지 않냐고요. 니콜레타의 대답은 명료했습니다.

"이탈리아에도 고부갈등은 있어. 하지만 내가 잘못해서 아들 내외가 이혼이라도 하면 내 아들과 손자가 불행해지지 않을까? 아들 내외가 재미있게 살도록 배려해주는 게 요즘 시대에 맞는 자식 사랑이라고 생각해."

아들만 둘인 제게도 시사해주는 바가 큰 지혜로운 대답입니다.

아버지의 선물

경신   어릴 적 저는 아버지를 유별나게 따랐다고 합니다. 아버지도 첫딸인 저를 각별하게 예뻐하셨답니다. 어린 시절 사진을 보면 저는 늘 아버지 품에 안겨 있더군요. 세 살 때는 아버지를 따라가겠다고 울고 보채서 어머니 대신 아버지 손을 잡고 남탕에 들어간 적도 있다고 해요. 지금이야 웃으며 말하지만 당시에는 아버지가 얼마나 난감하셨을까요.

그런데 자라면서 이상하게 아버지와 거리감이 생겼습니다. 전형적 충청도 스타일이던 아버지는 애정 표현에 인색했어요. 자라면서 "사랑한다" "예쁘다" "잘한다" "고맙다" 같은 말을 들어본 기억이 없네요.

사춘기 때 저는 아버지에게 학교에서 있었던 일을 조잘

조잘 말했지만, 감정을 표현하는 것은 쑥스러워 내키지 않았습니다. 대학 시절에는 분가하면서 그나마 일상 이야기도 나눌 기회가 없었지요. 물론 아버지의 관심과 애정이 부족하다고 생각하지는 않았습니다. 그저 어쩔 수 없는 일이라고 받아들였어요.

그런데 그 관계에 변화가 찾아왔습니다. 제가 미국에 가 있는 동안 아버지에게 "빨리 와. 보고 싶어"라는 문자 메시지를 받은 것이 계기였어요. 미국은 그때 한밤중이었는데 잠이 확 달아날 만큼 놀랐습니다. 무슨 일이 생긴 건지 연락해봤지만 특별한 일은 없었어요. 정말 제가 보고 싶은 마음에 연락하신 거였지요. 그때를 계기로 저도 별일 없이 안부를 전하는 일이 늘어났어요. 학창 시절처럼 회사 일을 털어놓기도 하고요.

세상에 태어난 딸이 최초로 만나는 남성이 아버지잖아요. 심리적으로도 아버지와의 정서적 유착 관계가 딸에게 미치는 영향이 크다고 들었습니다. 아버지와 긍정적 애착 관계를 맺은 딸은 자존감과 스트레스를 이기는 능력이 우수하다네요. 저는 늘 아버지의 감정 표현이 부족하다고 생각했는데, 실은 이미 아버지에게 충분한 마음을 선물 받지 않았나 싶습니다.

논나　　문득 돌아가신 제 아버지를 떠올리니 콧등이 시큰해집니다. 서울 토박이인 친정아버지는 열아홉 살에 선친이 돌아가시는 바람에 일찌감치 소년 가장이 되셨습니다. 아버지가 어린 나이에 혼자 짊어졌을 삶의 무게가 얼마나 무거우셨을지 생각하면 새삼 안타까운 마음이 듭니다.

아버지는 "딸을 낳으면 일곱 살부터 혼수를 장만해야 한다"라거나 "딸은 시집가면 출가외인"이라는 보수적 말씀도 했지만, 그런 말씀과 달리 당시로서는 드물게 딸을 아들보다 더 귀히 여기셨습니다.

제게는 아버지와 함께한 잊지 못할 추억이 많습니다.

제 생일이면 주인공이 원하는 식당에 가보자며 근사한 식당에 데려가시기도 했지요. 그때마다 농담 반 진담 반으로 이런 말씀을 하셨던 기억이 납니다. "바람둥이가 이런 곳에 데려와 밥을 사줘도 넘어가면 안 된다." "결혼은 꼭 아버지가 허락하는 성실한 남자랑 해야 한다."

아버지는 제가 일찍 결혼하길 바랐지만, 결혼 후 딸내미가 부당한 대접을 받지는 않을지 염려하셨던 모양입니다. 어느 날 제게 조용히 속정 깊은 이야기를 하시더군요.

"혹시 시가나 남편에게 부당한 대우를 받으면 억지로 참지 말아라. 아무리 대단한 사위라도 내 딸 눈에서 눈물 나게 하면 아버지가 가만있지 않을 테니."

아버지의 그 말씀에 저는 오히려 친정에서 더욱더 언행을 조심했어요. 무조건 참고 살라는 말보다 아버지의 마음이 담긴 참지 말라는 말이 더 무겁게 느껴졌거든요. 그래도 절대적 내 편이 있다는 느낌에 살아가면서 얼마나 든든했던지요.

제가 임신했을 때는 "명숙이 배 속에서 아기가 논대요"라는 어머니의 말씀에 몇 번이나 "거참! 신비하군" 하며 감탄하셨답니다. 어머니는 "당신 자식은 다섯을 낳을 때까지 아기가 언제 노는지도 모르게 바쁘던 양반이 딸이 임신했다니 어찌 저리 안쓰러워하냐"라며 웃으셨다지요.

제게 아버지는 자식으로서 부끄럽지 않게 살아야겠다는 다짐을 하게 만드는 마음의 지주 같은 존재입니다. 언제나 제 삶에 든든한 병풍 같은 존재셨던 아버지가 오늘따라 더 그립습니다.

육아에 관하여

경신 '에이트 포켓eight pocket'이라는 신조어가 있습니다. 한 명의 아이를 위해 부모와 친조부모, 외조부모, 이모, 삼촌 등 여덟 명의 어른이 주머니에서 돈을 꺼낸다는 뜻이지요.

통계청 〈인구동향조사〉에 따르면 우리나라의 합계출산율이 2023년 기준으로 0.72명이라고 합니다. 국가 소멸 위기까지 거론할 정도니, 집집이 아이가 얼마나 귀하겠어요. 일단 태어나면 그야말로 그 아이는 가족 구성원의 관심과 사랑을 한 몸에 받지요. 그 귀한 대접에는 그늘도 있어요. 아이 키우는 친구들 이야기를 들어보면 집안에 아이가 하나밖에 없다 보니 잘못된 행동을 해도 쉽게 제지할 수 없다네요. 모두가 귀하게 키우는데 나만 내 아이를 혼내서 기 죽일 수 없다는 생각도 든다고 하더라고요. 이런 어려움을 겪는 부모가 늘어나면서 부모의 양육 방법을 코칭하는 방송 프로그램이 인기를 끌고 있습니다.

선생님은 아들 둘을 모두 인성도 훌륭하고 학벌도 좋은 성인으로 키웠잖아요. 무슨 비결이라도 있는지 궁금합니다.

논나 아이는 한 명이든 열 명이든 모두 귀한 존재지요. 제게 비결을 물었지만 저도 엄마가 처음이라 모든 것이 서툴렀어요. 제 나름대로 열심히 하긴 했어도 돌아보면 후회스러운 점이 많습니다. 오히려 제가 어떤 실수를 했는지 말하는 게 더 도움이 되지 않을까요?

저는 큰아이를 낳고 아이가 만 세 살이 되기 전 남편과 함께 이탈리아로 유학을 떠났습니다. 당시 행정적 문제로 아이를 데려갈 수 없어서 친정 부모님이 1년간 양육을 도와주었지요. 물론 부모님은 아이를 지극정성으로 돌봐주었지만, 그때 떨어져서 지낸 1년이 두고두고 후회스럽습니다.

요즘 젊은 부부는 맞벌이하는 경우가 많아서 아이와 보낼 수 있는 시간이 많지 않다는 것을 잘 알고 있어요. 저도 맞벌이를 경험해본 처지라 몸과 마음이 얼마나 버거울지 짐작이 갑니다. 아이들은 보통 18개월부터 48개월 사이에 자아를 본격적으로 형성한다고 합니다. 그 무렵에는 좀 힘들더라도 아이와 최대한 시간을 많이 보내라고 권하고 싶어요.

노력해도 아이와 보낼 수 있는 절대적 시간을 늘릴 수 없다면 답은 하나예요. 함께하는 시간을 양질로 만드는 거지요. 퇴근하고 나면 몸이 몹시 힘들겠지만 아이와 함께하는 시간만큼은 아이에게 집중하세요. 아이에게 텔레비전이나 스마트폰을 보여주지 말고 직접 안아주거나 몸으로 많이 놀아주세요. 그리고 자꾸 눈을 마주치며 이야기를 나누세요. 잘못된 행동을 교정하는 훈육은 그다음 일입니다.

말이 나온 김에 나랏일 하는 사람들에게도 하고 싶은 말이 있어요. 나라가 망해가니 아이를 더 낳아야 한다고 젊은 세대에게 강요하지 마세요. 그건 엄마와 아빠가 파김치가 되어 저녁 여덟 시에나 아이 얼굴을 볼 수 있는 사회 구조를 만든 우리 기성세대의 책임입니다. 아이를 낳아도 키우기가 어렵다고 이렇게 아우성치잖아요. 이제라도 가족이 집에 돌아와 함께 저녁을 만들어 먹고, 이야기를 나눌 수 있는 시스템을 만들어주세요. 아이에게 엄마와 아빠를 돌려주세요.

어
떻
게
짝
을
알
아
볼
까

경신　선생님, 저 진지합니다. 결혼은 어떤 사람과 하는 게 좋을까요?

논나　저는 중요한 문제일수록 단순하게 생각해요. 내 인생에서 결혼을 돌이킬 수 없는 중차대한 선택이라고 생각하면 고려할 일이 많고 셈법도 복잡하지요. '결혼할 사람'을 '여름휴가를 함께 떠날 사람'이라고 생각하면 어떨까요?

　먼저 여행을 떠나려면 가장 먼저 내가 하고 싶은 여행이 무엇인지 알아야겠지요. 한적한 휴식, 새로운 경험과 도전 등 각자 원하는 여행 형태가 있잖아요. 결혼도 똑같아요. 내가 살고 싶은 삶의 모습, 즉 내가 결코 포기할 수 없는 욕구가 무엇인지 알아야 합니다. 처음엔 이것저것 관심이 많을지도 모릅니다. 그러나 내 몸이 하나이므로 결국 가장 원하는 것을 선택하게 될 겁니다. 그 선택이 바로 내 짝을 찾는 열쇠입니다.

물론 여기에도 인생의 함정이 있어요. 많은 사람이 결혼으로 자기의 결핍을 채우고자 하는 함정에 빠집니다. 그러나 살아 보니 타인은 내 결핍을 메울 수 없더라고요. 심지어 내 결핍이라는 게 정확한 실체가 없더군요.

결혼이란 긴 여행을 도중에 변경해도 내 인생이 끝나지 않는다는 마음가짐이 필요해요. 좋은 여행을 하면 좋겠지요. 하지만 불행히 좋은 선택을 하지 못했어도 그것으로 인생이 끝나는 게 아닙니다. 내 인생이라는 기차에서 그 사람을 내리게 하고, 내 인생 기차는 멋진 종착역을 향해 부지런히 달려가야겠지요. 결혼은 중요한 선택이지만 우리 인생은 결코 한 번의 선택으로 무너지지 않습니다.

이혼 풍속도

경신   요즘 MZ 세대 중에는 결혼 비용을 함께 내는 것은 물론 이후 생활비까지 반씩 부담하는 부부가 많다고 합니다. 여기까지는 그래도 고개가 끄덕여지긴 해요. 놀라운 것은 지금부터입니다.

이들 반반 부부가 각출한 공동생활비 지출 내역을 엑셀 파일로 정리하며 생활비 사용처를 따지다가 이혼에 이르는 사례가 많다는 겁니다. 그래서 생긴 신조어가 '엑셀 이혼'이라지요.

이혼 전문 변호사들의 이야기를 들어보면 좀 심하다 싶습니다. 왜 생리대 비용을 공동생활비에서 지출하느냐, 시댁에만 방문했는데 왜 차비를 함께 지출하느냐, 내가 먹지 않은 과일을 왜 함께 사야 하느냐 등을 놓고 싸우다 이혼 상담을 하기도 한답니다. 극히 일부의 사례지만 믿기 힘든 이야기지요?

엑셀 활용은 여기서 그치지 않습니다. 이들은 이혼하는 과정에서도 자기가 가정생활에 얼마나 기여했는지 가사노동 시간을 분 단위로 따지고, 수입과 지출 내역을 엑셀로 정리해 재산 분할에 활용한다고 하네요.

'졸혼'도 화제입니다. 결혼 생활을 도저히 지속할 수 없다고 판단한 부부가 자녀와 재산 문제 혹은 관계 회복을 기대하는 마음이 남아 법적으로 혼인 관계를 유지하면서 생활은 독립적으로 하는 상태를 졸혼이라 한다네요. 예능 프로그램에 한 80대 남자 배우가 부인과의 불화로 고민하다가 졸혼을 선택한 사연이 나오면서 노년층 사이에 졸혼이 이혼의 대안으로 인기를 끌고 있다고 합니다.

'고속 이혼'도 늘었습니다. 결혼 준비가 너무 힘들어서 두 번은 못 하겠다고 푸념 아닌 푸념을 하고서 얼마 지나지 않아 이혼하기도 합니다. 피치 못할 사정이 있었겠지요.

지금은 과거와 달리 이혼을 흠으로 여기지 않습니다. 방송 프로그램에서 '돌아온 싱글'의 준말인 '돌싱'을 흔한 주제로 다룰 정도니까요. 그래도 이혼을 선택한 사람에게 정말 아무런 상처가 없을까 싶습니다. 그저 감내하고 극복하는 거겠지요. '다양한 방식으로 삶의 방향을 찾을 수 있구나'라는 생각이 듭니다.

논나　　　영국 출신의 영화배우 엘리자베스 테일러가 생각납니다. 〈클레오파트라〉〈말괄량이 길들이기〉〈뜨거운 양철지붕 위의 고양이〉 등 다수의 인기작에 출연한 불세출의 배우지요. 이 배우에게 유명세가 따른 데는 다른 이유도 있습니다.

그녀는 이혼 기사로 해외 토픽에 여덟 번이나 오르내린 기록을 보유하고 있습니다. 심지어 영화배우 리처드 버튼과는 두 번 결혼하고 두 번 이혼한 기록도 있지요. 첫 남편 호텔왕 콘래드 힐튼 주니어부터 여덟 번째 남편 공사장 노동자 래리 포튼스키까지 선택 폭도 다양했습니다.

언젠가 그녀는 이런 말을 했지요.

"나는 항상 남편과 아이들을 원했지만, 가정주부로서의 내 삶은 한 번도 상상해본 적이 없다."

그런 그녀의 마음가짐 때문이었을까요. 결국 그녀는 행복한 결혼 생활에 성공하지 못했고 말년에는 혼자 살며 에이즈 퇴치 사업에 몰두했다고 합니다.

연예계 소식에 관심이 없는 제가 여자 배우의 사생활을 기억하는 것을 보니, 보수적 교육을 받고 자라온 제게 여덟 번이나 이혼한 그녀의 사생활이 꽤 충격적이었나 봅니다.

어린 마음에 서양에서는 이혼이 엄청 쉬운 줄 알았습니다. 그런데 직접 현지에서 겪어보니 듣던 것처럼 쉬운 일이 아니었습니다. 이탈리아에서 생활할 때 제게 친구 커플의 이혼 과정을 지켜볼 기회가 있었는데 보통 까다로운 게 아니더라고요. 그들도 위자료를 산출하면서 경신 씨가 말한 엑셀 셈법을 동원했습니다. 결혼 생활 몇 년에 누가 더 많이 경제에 기여했고, 누가 더 많이 가사 노동을 했는지 따지는 것이지요. 결국 몇십 년 결혼 생활을 수치로 정리하는 과정을 보며, 사랑이라는 형체 없는 용어를 빼면 결혼도 현실적 비즈니스일 뿐이구나 싶어 씁쓸했습니다.

한 가지 차이점은 있습니다. 제 주변에도 이혼한 커플이 점점 늘어나고 있는데 우리나라와 유럽 문화가 무척 다르더군요. 우리나라의 이혼 커플은 대부분 완전 남남으로 갈라져 자식 문제로 마주쳐도 서로 외면하면서 서먹해하는 게 보통입니다.

반면 유럽에서는 이혼 과정에서 자식들의 심리적 충격을 최소화하기 위해 가족 모두 심리 상담을 받습니다. 자녀 양육권은 주로 어머니에게 가지만 아버지도 양육권과 면접권을 갖고 자주 왕래하며 지내지요.

아주 막역한 친구에게 이혼한 뒤 전 남편과 친구처럼 지내는 것이 괜찮은지 조심스럽게 물어본 적이 있습니다. 그 친구는 자식에게 소중한 사람이니 원수가 될 순 없다고 말하더군요.

다시 처음으로 돌아가 엘리자베스 테일러의 말로 누구도 정답을 알 수 없는 결혼과 이혼의 담론을 정리해볼까 합니다.

"그 당시에는 사랑이 무언지, 무엇이 사랑이 아닌지 잘 몰랐습니다. 나는 항상 내가 사랑에 빠졌다고 생각했고, 사랑이 결혼과 동의어라고 믿었습니다."

그녀는 이런 말도 남겼습니다.

"나는 평생 화려한 보석에 둘러싸여 살아왔어요. 그러나 내게 정말 필요했던 건 누군가의 진실한 마음과 사랑뿐이었어요."

연애는 계속해야 한다

경신   언젠가 제가 이런 말을 했지요.

"남자친구와 헤어졌어요. 당분간 연애를 쉬려고요."

그때의 이야기를 해보려고 합니다.

저는 평화로운 연애를 선호합니다. 격정적 사랑, 집착, 질투, 의심 같은 것은 제 연애관과 거리가 먼 단어입니다. 지금까지 만난 남자친구들과도 늘 평화로웠고 크게 싸워본 기억이 없어요. 제 연애는 영원히 그럴 줄 알았습니다.

그런데 그때의 연애는 달랐습니다. 난생처음 큰 소리를 내며 싸웠어요. '이게 이렇게까지 싸울 일인가?' 이런 생각을 하면서도 이상하게 싸움을 멈출 수 없었습니다. 서로 맞지 않는다는 결론을 내리고 헤어지려 하면 또 헤어지기가 쉽지 않더군요. 화해하고 싸우고 또 화해하는 것을 반복한 참 이상한 연애였어요.

그 무렵 저는 회사에서 번아웃을 경험하고 있었습니다. 회사 일에 열정이 식어버리니 반대로 평소와 달리 연애에 몰입한 것인지도 모릅니다. 그렇게 남자친구와 투닥투닥 싸우며 '회사 일에 신경 쓸 정신이 없는 건 좋네!'라며 웃었습니다.

그런데 신기하지요. 제가 회사 일에 다시 열정이 조금씩 살아나자 갑자기 그 전쟁 같은 연애가 참기 힘들더라고요. 그 후 그도, 저도 싸우는 것에 많이 지쳤던 터라 어렵지 않게 상의해서 헤어졌습니다.

선생님에게 그간의 일을 죄다 털어놓았지요. 연애 생각이 싹 사라졌다는 제게 선생님은 웃으며 말씀하셨어요.

"그래도 연애는 또 해야지요. 경신 씨 인생의 기차에서 한 명 내렸다고 여행을 멈출 건가요?"

그 후로 사람을 만날 때마다 이런 생각을 합니다.

'이 사람은 내 인생 기차에 태울 만한 사람인가.'

논나 연애다운 연애를 한 번도 해본 적 없는 맹탕 할머니가 조언을 제법 그럴싸하게 했네요.

저는 지금의 남편과 1974년 9월 중순에 만나 1975년 5월에 결혼했답니다. 연애 기간이 딱 8개월이었지요. 결혼 전 신체 접촉은 손을 잡거나 입을 맞추는 정도일 뿐 그 이상은 절대 불가라고 인식하며 이성을 만나던 시절이었어요. 요즘 세상과 아주 다른 별세계였지요.

재미있는 이야기를 하나 할까요? 대학 생활 내내 연애다운 연애를 한 번도 못 하던 제가 지금의 남편을 만나 연애를 시작하니 집안이 온통 난리였습니다. 데이트를 끝내고 집에 오기가 무섭게 어머니는 제 방으로 들어와 어디에서 무엇을 먹고, 무슨 대화를 나눴냐고 꼬치꼬치 물어보시기까지 했지요. 사실 그런 행동은 어른다운 예의를 갖춘 행동이 아니었어요. 그래도 당신이 연애를 못 해본 세대라 신식 데이트가 궁금하셨던 모양입니다.

저는 지금의 남편에게 "어머니가 귀가 후 꼬치꼬치 물어보니 대답하기 곤란한 행동은 자제해주세요"라고 부탁할 정도로 숙맥이었답니다. 그렇게 부탁한다고 고분고분 제 부탁을 들어준 남편도 숙맥이긴 매한가지네요.

그런 제가 경신 씨한테 연애를 멈추지 말라고 조언한 건 저도 간접 연애만큼은 경지에 도달했기 때문입니다. 달인의 경지에 도달하게 도움을 준 많은 친구가 있지요. 우리나라 젊은이부터 유럽의 수많은 친구까지 다양합니다. 특히 유럽 패션계에서 일하는 디자이너, 패션지 기자, 마케팅 담당 매니저 친구들에게 '원 나이트 스탠드' 같은 가벼운 연애담에서 지고지순한 플라토닉 연애담까지 무수히 많이 들었네요.

제가 젊을 때 영화 〈존과 메리〉가 큰 화제를 불러일으켰습니다. 1969년 개봉한 영화지요. 더스틴 호프먼이 남자 주인공이고 미아 패로가 여자 주인공으로, 젊은 남녀가 바에서 우연히 만나 서로 합의해 원 나이트 스탠드를 즐깁니다. 이들은 같이 달콤한 밤을 지내고 아침에 헤어지며 통성명을 합니다. 헤어지기 전 이름이나 알자며 "내 이름은 존" "내 이름은 메리" 하면서 가장 흔한 이름을 알려주고 각자 반대 방향으로 자기 길을 뚜벅뚜벅 걸어가는 마지막 장면이 인상적이었어요. 당시엔 전 세계적으로 논란을 일으킨 영화지만, 요즘 젊은이들이 보면 "아이고, 이런 게 영화 소재라니 너무 진부하네" 하겠지요.

사실 연애 스타일은 시대에 따라 변해왔잖아요. 이제는 제법 다양한 연애관이 존재하는 듯합니다. 지고지순한 사랑을 전제해야만 섹스가 가능하다는 사람도 있을 테고, 반대로 신체 호흡부터 맞추고 사랑을 시작하고 싶다는 사람도 있을 겁니다. 저는 어떤 형태의 연애든 당사자들만 만족한다면 찬성입니다. 다만 한 가지! 자신의 행동은 절대적으로 자신이 책임져야 합니다.

연애 이야기가 나온 김에 100세 시대의 노년 연애도 생각해보지 않을 수 없네요. 요즘 서구에서는 치매 예방법 중 하나로 연애를 권장한다고 합니다. 워낙 싱글이 많은 사회니까요. 물론 그들이 이야기하는 연애는 당연히 섹스를 포함합니다. 혼자 지내는 제 이탈리아 친구들에게 산부인과 의사가 내려주는 처방에는 남자친구를 만들어 섹스를 즐기라는 내용도 들어 있다고 합니다. 인간에게 가슴 뛰는 설렘이 얼마나 좋은 활력소겠어요. 도파민 분비도 촉진하고요.

매 순간 삶에 충실하며 자기 책임하에 즐길 수 있을 때는 그 기회를 놓치지 마세요.

반백 년 부부로 살기 위해서

경신　　인터넷에서 화제가 된 사진이 있습니다. 가정법원에 이혼 서류를 접수하기 위해 법원이 문을 열기도 전에 줄을 서서 기다렸다는 내용의 사진입니다. 사진 속엔 서류를 접수하기 위해 아침부터 길게 줄을 선 사람들의 모습이 담겨 있었습니다. 이혼하는 것도 힘든데 아침 일찍부터 줄을 서다 보니 정신적으로 지치고 고통스러웠다는 후기도 있더군요.

저는 주위에서 다양한 형태의 결혼 생활을 듣습니다. 결혼할 때의 마음을 잘 유지하며 알콩달콩 사는 부부도 있고, 지지고 볶으면서 의리로 사는 부부도 있고, 그마저도 쉽지 않아 헤어짐을 택하는 사람도 있습니다.

저는 극단적 경우에만 이혼을 선택하는 줄 알았는데, 친구들 이야기를 들어보면 꼭 그렇지도 않더라고요. 부부간 애정이 식어서, 경제적 문제가 생겨서, 자녀 문제로 갈등이 커져서, 부모님과 불화를 겪어서 등 이유가 참 다양합니다. 들어보면 모두 안타깝지만 고개가 끄덕여지는 일면도 있었어요.

선생님은 사부님과 결혼 생활을 50년째 이어오고도 여전히 금실이 좋으시지요. 어떤 마음으로 살아야 부부 관계의 수명을 길게 유지할 수 있을까요?

논나   실은 우리 부부도 치열하게 싸웠어요. 지금은 나이가 들어 서로 '당신도 그간 고생이 많았네'라는 마음으로 평화를 찾았지만요.

이쯤에서 '나 때' 이야기를 한번 하자면 제가 결혼하던 50년 전만 해도 부부 관계를 정의하는 말이 지금과는 사뭇 달랐어요. 제가 결혼할 때 제 부모님은 저를 앉혀놓고 삼종三從을 진지하게 당부했지요. 삼종이란 "결혼하기 전에는 아버지를, 결혼해서는 남편을, 남편이 죽으면 자식을 따라야 한다"라는 의미입니다.

짐작하겠지만 저는 그 말을 그리 마음에 담지 않았습니다. 가정에 충실해야 한다는 생각은 당연히 했지요. 그렇지만 장명숙은 장명숙의 마음을 따라야지 왜 남편과 자식을 따라야 합니까?

다소 맹랑하게도 포부마저 있었습니다. '일과 가정에 모두 충실한 현모양처가 되겠노라'라고요. 그런 면에서 디자인을 공부하던 남편을 좋은 짝이라고 생각했어요. 같은 길을 걷고 있으니 제 고충을 누구보다 잘 이해해줄 거라고 기대했지요.

웬걸, 현실은 녹록지 않았습니다. 아내, 엄마, 며느리 역할을 완벽하게 해내며 사회생활을 한다는 건 애초에 말도 안 되는 일이었어요. 얄밉게도 남편은 결정적 순간에 방관자 혹은 '남의 편'이더라고요.

어느 날 잠을 자려고 누웠는데 그날따라 제 등이 너무 가려웠어요. 등이 가려워 뒤척이고 있는데 남편은 밉살맞게 코를 골며 세상 편하게 잠을 자고 있더군요. 그때 불현듯 일심동체의 허상을 깨달았어요. 그건 단지 우리가 사회의 강요에 세뇌당한 것에 불과합니다. 부부가 무슨 일심동체인가요? 이심이체지. 내가 아프면 남편도 아프나요? 아니지요. 같은 사람이라고 생각하면 안 됩니다. 부부는 그저 다른 몸, 다른 마음을 지닌 다른 사람일 뿐이에요. 다른 사람이 내 속마음을 모르는 건 당연하다고 기대를 내려놓으니 좀 숨통이 트이더라고요.

사랑을 시작하든 종결하든 연장하든 《논어》에 나오는 이 말을 기억해보세요. 결국 애지욕기생愛之欲其生. "사랑한다는 것은 그가 살게끔 하는 것"이라는 말입니다.

　사랑한다면 그가 살고 싶은 대로 살게끔 해줘야 하지요.

　마음껏 사랑하세요.